내 어머니의 책

내 어머니의 책

알베르 코엔 지음 | 조광희 옮김

현대문학

Le livre de ma mère

by Albert Cohen

신은 모든 곳에 있을 수 없어서 어머니를 만들었다.
　　　　　　　　　　　　　　　　　　　　—유대 속담

영원히 여성적인 것이 우리를 구원한다.
　　　　　　　　　　　　　　　　　　　—괴테

1

　사람은 누구나 외로운 존재이고, 남의 일에는 아랑곳하지 않으며, 저마다의 괴로움은 황량하고 쓸쓸한 섬과도 같다. 그러나 길거리의 소음마저 희미해져 가는 이 저녁, 글과 더불어 내 마음을 달래지 못하란 법도 없지 않은가. 오, 가엾은 미친 사람 하나, 책상 앞에 앉아 글을 쓰면서 스스로를 달랜다. 책상 위의 전화기를 내려놓은 것은 바깥세상이 두렵기 때문이지만, 이렇게 전화기를 내려놓은 밤이면, 그는 마치 왕이라도 된 듯, 바깥세상의 심술궂은 자들, 아무것도 아닌 일에도 벌컥 화를 내는 심술궂은 자들로부터 안전하게 보호되는 듯하다.

기이한 작은 행복감, 슬프고도 나른한 이 행복감은, 사소한 잘못이나 남몰래 마신 한잔처럼, 얼마나 감미로운 것인가. 나 혼자만의 왕국에서, 더러운 놈들로부터 멀리 떨어져 글을 쓰는 행복감이라니! 더러운 놈들이란 대체 누구인가? 그자들이 누구인가를 내 입으로 말하지는 않겠다. 저 바깥세상의 인간들과 말썽을 일으키고 싶지는 않으니까 말이다. 그자들이 찾아와서 나의 이 그럴듯한 평온함을 나의 운명인 나의 마음이 내키는 대로 열 쪽이든 백 쪽이든 글을 쓰는 것을 방해받고 싶지는 않으니까 말이다. 내가 모든 화가들에게, 당신들은 재능이 뛰어나군, 이라고 말하기로 결심한 것은 그러지 않으면 그자들이 우리를 괴롭힐 것이기 때문이다. 나는 대체로 모든 사람에게 당신은 매력적이야, 라고 말한다. 해가 떠 있는 낮 동안에 나는 그렇게 행동한다. 그러나 밤이 오고 새벽이 오면 내 생각은 이런 속박에서 벗어난다.

　화려한 너, 나의 황금 펜이여, 내게 아직 젊음이 남아 있는 동안 종이 위로 마음껏 미끄러져 가거라. 느리고 서투른 걸음걸이로, 꿈속에서처럼 머뭇거리며, 어색한 몸짓으로. 그러나 가야 할 너의 길을 가거라. 내 사랑하는 황금 펜, 나의 유일한 위안이여, 쓸쓸한 기쁨을 주는 종이 위로, 그 비스듬한 곁눈질이 나를 침울한 즐거움에 잠기게 하는 페이지 위로 걸어가라. 그래, 나의 조국인 저 낱말들은 나를 위로하고 나의 괴로움을 복수해 준다. 그렇지만 그것들이 내 어머니를 되돌려주지는 못할 것이다. 내가 쓰고 있는 이 말들은, 내 관자놀이에 퍼득거리는 뜨거운 과거가 아무리 거기 가득하고 아무리 향기로울지라도, 죽은 내 어머니를 되돌려주지는 못할 것이다. 그것은 밤에는 금지된 생각. 가거라, 프랑스에서 마지막으로 보았던 어머니의 생전 모습, 가거라, 어머니의 환영이여!

문득 책상 앞에서, 모든 것이 잘 정돈되어 있고, 따뜻한 커피, 막 피우기 시작한 담배, 잘 켜지는 라이터, 잘 써지는 펜이 있고, 곁에는 벽난로 불과 고양이가 있어서, 나는 한순간 감동스러울 만큼 행복해진다. 별 대단한 것을 의미하지도 않는 이런 것들에서 마치 아이처럼 한없는 기쁨을 느끼는 나 자신이 가엾게 여겨진다. 잘 써지는 펜 하나 때문에 만족감을 느끼는 나 자신, 살아가기 위해 어떻게든 고통에서 벗어나 그 어떤 애착의 이유에라도 매달리려는 가련한 인간인 나 자신에게 연민을 느끼지 않을 수 없는 것이다. 나는 몇 분 동안 보잘것없는 속물적인 안락감에 잠겨 그것을 음미한다. 그러나 그 밑바닥에는 사라지지 않는, 잊을 수 없는, 하나의 슬픔이 가라앉아 있다. 그렇다. 나는 몇 분 동안 저들과 마찬가지로, 나 자신이 속물적인 인간이 되어 그것을 느껴 본다. 우리는 우리 자신과 다른 존재가 되어 보기를 좋아한다. 한 편의 시만 읽어도 요란스레 떠들고, 세잔의 그림이라도 보는 날에는 최면에 걸린 듯 입술에 거품을 일으키면서 여기저기서 주워들은 알지도 못하는 미술 용어를 지껄이고, 질량이니 체적이니 하는 말들을 늘어놓으면서, 이 빨간색이 특히 육감적이라고 주장하는 속물적인 중산층 여인—그런 여자보다 더 훌륭한 예술가는 없는 것처럼 보인다. 육감적이라고? 맙소사! 이야기가 어디까지 빗나갔는지 알 수 없어진다. 여백에 내 생각들을 담은 낙서와 같은 작은 그림, 위안을 주는 그림, 신경쇠약증 환자의 그림을 그려 볼까. 천천히 그려질 이 그림에 여러 가지 결심과 계획을 담으면, 이 작은 그림은 이상스러운 섬이자 영혼의 나라, 여러 가지 사념이 굴곡을 이룬 슬픈 오아시스, 얌전하고 순진하고 착한 아들이 정성스럽게 그린 우스꽝스러운 낙서가 될 것이다. 쉿, 조용히 하라. 그녀를 깨우지 말라. 예루살렘의 여인들아, 그녀가 잠들어 있는 동안 깨우지 말라.*

누가 잠들어 있는가? 나의 펜이 묻는다. 영원히 잠든 여인, 내 어머니가 아니고 누구겠는가, 내 슬픔인 내 어머니가 아니고 누구겠는가? 예루살렘의 여인들이여, 어느 마을 묘지에 묻혀 잠들어 있는 내 슬픔을 깨우지 말지니, 내 입으로 그 마을의 이름을 말할 수 없는 것은 그것이 땅속에 묻혀 잠든 내 어머니의 이름과 동의어이기 때문이다. 자, 나의 펜이여, 머뭇거리지 말고, 빠른 걸음으로 분별 있는 빛의 일꾼이 되어, 강인한 걸음걸이로 ―오랫동안 쉬지 말고, 그건 좋은 생각이 아니므로― 힘을 내어라. 오, 나의 영혼, 나의 펜이여, 용감하고 부지런하게 어둠의 나라를 떠나고, 망상에 가득 차 병들고 미친 자처럼 헤매는 생각에서 벗어나라. 그리고 너, 나의 유일한 친구, 거울 속에 보이는 너, 눈물 없는 흐느낌을 참

---

* "예루살렘의 여인들아 (…) 내 사랑하는 자를 흔들지 말며, 깨우지 말라." 구약성서 「아가서」 8장 4절 참조.

고, 진정 원한다면 짐짓 차갑고 냉정하게 죽은 네 어머니 이야기를 하라. 침착하게 말하고, 침착한 체하라. 누가 알겠는가. 그게 습관이 될지. 그들처럼 침착하게 네 어머니 이야기를 하고, 그게 그다지 잘못된 일은 아니라고 믿기 위해서는 휘파람도 불어 보고, 특히 미소를, 미소 짓는 것을 잊지 마라. 절망을 속이기 위해 미소 짓고, 이 세상을 살아가기 위해 미소 짓고, 거울을 보면서 미소 짓고, 그리고 사람들 앞에서 미소 짓고, 이 원고지에도 미소 지어라. 두려움보다 더 숨가쁜 슬픔으로 미소 지어라. 아무렇지도 않다는 듯 미소 짓고, 이 세상을 살아가려는 체 미소 짓고, 네 어머니의 죽음이라는 칼날을 머리 위에 둔 채 미소 짓고, 더 못 견딜 때까지 일생토록 미소 짓고, 이 끝없는 미소 때문에 죽게 될 때까지 미소 지어라.

2

금요일 오후는 유대인들에게 성스러운 안식일이 시작되는 시간이어서 그녀 역시 아름답게 단장했다. 화려한 검은 비단옷과 용케도 그때까지 남아 있었던 보석으로 단장한 것이다. 나는 근심 걱정 없었던 청년기엔 낭비벽이 심한 편이어서, 길거리의 거지가 늙었거나 수염이라도 길게 기르고 있으면, 선뜻 지폐를 손에 쥐어 주곤 했다. 친구가 나의 담뱃값을 갖고 싶어 하면 금으로 만든 것이라도 아낌없이 주어 버렸다. 내가 고집불통의 반항적인 생각으로 머리가 꽉 찬 대학생이었을 당시, 인정이 많기는 했지만 약간 정신 나간 듯한 호인이었던 아들 때문에, 그녀는 그렇게도 소중하게 아끼던 아름다운 보석들을 주네브의 보석상에 팔았다. 그것은 저 지나간 시절 명문가의 딸이 소박한 위엄을 갖추는 데 꼭 필요했던 보석들이었다. 그녀는 여러 번, 보석상들에게 속아서 제값도 못 받고, 내게 돈을 마련해 주려고 아버지 몰래 보석을 팔곤 했는데, 그녀와 나는 엄격한 아버지를 무서워했고, 그래서 우리는 공범이 될 수밖에 없었다. 지금도 주네브의 보석상 문을 열고 나오는 그녀의 모습, 나를 위하여 마련한 얼마 되지 않는 돈을 보며 거금이라도 되는 듯 만족스러워하던 모습이 눈에 선한데, 아, 그 보석들은 그녀의 고귀한 가문의 상징이자 근동 지방 귀부인의 영광을 의미하는 것이었다. 그렇게나 기뻐하던 내 어머니의 걸음걸이는 그때 이미 고통스러웠고, 이미 죽음의 표적이 되어 가고 있었다. 나를 위해서라면 빈털터리가 되어도 기쁘기만 했던 그녀, 며칠 안 가 철없고 낭비벽 심한 내 손에서 순식간에 사라져 버릴 지폐 몇 장을 쥐어 줄 수 있다는 것에 그렇게나 기뻐하던 모습. 들뜨고 기분이 좋아진 내가 어머니에 대해서는 아랑곳도 하지 않고 돈을 덥석 받아 쥔 것은, 내가 번득이는 날카로운 이빨을 가진 젊은이, 한 아름다운 처녀의 애인이면서도, 다른 여자, 그리고 또 다른 여자의 애인이었던 젊은이, 사랑의 성城에 걸린 번쩍이는 거울에 비치는 모든 여자들에게 넋이 나간 젊은이였기 때문이다. 오, 이제는 사라지고 없는 야릇하고 창백한 내 애인들이여! 돈을 받아 쥐었지만, 나는 ―왜냐하면 나는 아들이었으므로― 몇 푼 되지 않는 그 '거금'이 모성의 제단에 바치는 내 어머니의 헌정임을 알지 못했다. 오, 아들을 섬기는 여사제여. 오, 너무도 오랜 세월이 지난 후에 깨닫게 된 존엄함이여. 너무 늦은 지금에서야.

휴가 때 나는 주네브에서 마르세유로 가곤 했는데, 안식일이면 어머니는, 내가 아버지와 함께 도금양* 가지를 들고 유대교당에서 돌아오기를 기다리고 있었다. 그녀는 안식일을 위해 자신의 유대 왕국이자 가난한 조국인 초라한 아파트의 장식을 끝내고 나서, 안식일을 축하할 식탁 앞에 혼자 앉아서, 마치 의식을 치르는 모습으로 아들과 남편을 기다리고 있었다. 똑바로 단정하게 앉아서 되도록 움직이지 않으려고 애쓰는 것은 아름다운

---

* 향기가 좋은 상록관목으로 유대교에서 순종과 기억의 상징으로 쓰인다.

옷차림을 흐트러뜨리지 않기 위해서였지만, 제대로 코르셋을 갖춰 입었다는 사실에서 가벼운 흥분과 어색함을 느끼고 있었다. 당당하고 멋진 옷차림 때문에, 사랑하는 두 사람, 곧 계단에서 발소리가 들려올 남편과 아들의 마음에 들 것이라는 기대감 때문에, 단정하게 빗은 머리에 오래된 아몬드 머릿기름을 발라 윤을 냈기 때문에 ―그녀는 원래 치장하는 데는 재간이 없었다 ― 상을 받으려는 소녀처럼 두근거리는 가슴으로 흥분한 그녀, 늙어 가는 내 어머니는 인생의 두 목표인 아들과 남편을 기다리고 있었다.

자신의 제단인 나의 열다섯 살 때의 사진 밑에 그녀가 앉아서, 그 끔찍한 사진이 정말 멋있는 모습이라고 생각하면서, 안식일 식탁과 불이 켜진 세 자루의 촛대 앞에서, 이미 메시아의 왕국에 속하는 식탁 앞에서, 만족스러우면서도 약간 비장한 한숨을 내쉬었던 것은 두 남자가, 삶의 불씨인 자신의 두 남자가 곧 도착할 예정이었기 때문이다. 아, 그렇지! 그녀는 기쁨에 넘쳐 중얼거렸다. 두 남자는 이 안식일 날, 아파트가 이렇게 깨끗하고 호사스럽게 변했다는 것을 알 것이고, 번쩍거릴 만큼 잘 정돈된 것을 보고 칭찬할 것이고, 우아한 그녀의 옷차림에도 찬사를 아끼지 않겠지. 그녀의 아들은 건성으로 보는 것 같지만 실상은 모든 것을 놓치지 않고 다 보기 때문에, 목에 두른 새로운 케이프와 소매의 레이스 장식에 눈길을 던질 것이고, 그렇지, 이 변화에 분명히 감탄하겠지. 그녀는 이미 자랑스러운 기분이었고, 집을 이렇게 빠르고 솜씨 있게 치장해 놓은 것에 대해 약간의 순진한 과장을 섞어, 두 남자에게 할 말을 이미 준비해 놓고 있었다. 그들은 그녀가 얼마나 능력 있는 주부인지, 얼마나 훌륭한 집안의 여왕인지를 알게 될 것이다. 그것이 내 어머니의 야심이었다.

그녀는, 거기 그렇게 앉아서, 온몸에 가득 찬 가족에 대한 사랑으로 아들과 남편에게 요리와 빨래와 집 정리에 관해서 들려주고 싶은 말을 벌써 머릿속에 하나하나 떠올리고 있었다. 때때로 그녀는 부엌으로 가서 엄숙한 결혼반지가 반짝이는 작은 손에 나무 주걱을 들고, 검붉은 토마토 소스에 천천히 지글거리는 고기완자를, 괜히, 우아하고 멋진 손놀림으로 다독거렸다. 통통하고 고운 살결의 그 작은 손에 대해 내가 약간의 위선과 무한한

다정함으로 칭찬하면 그녀는 어린아이처럼 기뻐했고, 그 기쁨은 나를 매혹시켰다. 그녀는 음식 솜씨만큼은 기가 막혔지만 다른 일에는 서툴렀다. 그녀는 부엌에서만은 노부인의 품위와 솜씨가 넘쳐서, 고결하고 용맹한 전설 속의 장군 같았다. 부엌에서 소박하게 완자를 다독거리는 내 어머니, 나무 주걱으로 가볍게 완자를 다독거리는, 오, 마치 의식을 치르듯 부드럽고 상냥하게, 터무니없이, 쓸데없이, 정겹고 만족스럽게, 가만가만 완자를 다독거릴 때, 그 마음이 편안해지는 것은 모든 것이 잘되어 감을 알았기 때문이고, 이제 완벽한 완자가 입맛 까다로운 두 남자의 칭찬을 받을 수 있기 때문인데, 끝이 없을 것 같은, 신중하고 바보 같은 이 완자 다독거리기, 부엌에서 혼자 엷은 미소를 지으며 완자를 다독거리는 내 어머니, 그 어색하면서도 위엄 있는 우아함, 내 어머니의 위엄.

부엌에서 거실로 돌아와 가정의 성직자답게 단정하게 앉아서, 보잘것없고 하찮은, 그러나 기꺼이 수락할 만한 고독한 운명에 만족하는 그녀를 장식하는 것은 오직 남편과 아들, 그녀가 섬기고 수호하는 두 남자뿐이었다. 예전에 젊고 아름다웠던 이 여인은 모세의 율법, 그녀에게는 하느님보다도 더 중요한 도덕적 율법, 그녀는 도덕률의 딸이었다. 그러므로 그녀에게는 불꽃같은 사랑도, 안나 카레니나 같은 무분별한 사랑도 없었다. 그녀에게는 겸허한 위엄으로 이끌어 가고 섬겨야 할 한 남편과 한 아들이 있을 뿐이었다. 그녀는 사랑에 빠져 결혼한 것이 아니다. 부모가 남편을 점지해 주었으므로 유순하게 그것을 받아들였을 뿐이다. 이렇게 해서 태어난 성서적인 사랑은 나의 서구적인 사랑과는 아주 다른 것이었다. 내 어머니의 신성한 사랑은 결혼에서 태어나, 내가 세상에 나오면서 자라났으며, 소중한 남편과 결속하여 사악한 삶의 현실과 싸우는 동안에 꽃을 피웠다. 세상에는 휘몰아치는 폭풍 같은, 태양처럼 눈부신 열정도 있다. 그러나 그녀의 사랑보다 더 진정한 사랑은 없다.

내가 지금 떠올리고 있는 그 안식일 날, 그녀는 우리를 기다리느라고 거실에 앉아서 자신의 삶에, 그날 아침 아들의 표정이 밝았던 것에 만족감을 느끼면서, 일요일에는 아몬드 파이를 만들어 주리라 생각했다. 이번에는 지난번보다 좀 더 오래 구워야지, 하고 그녀는 생각했다. 그리고 월요일에는, 그렇지, 코렝트 건포도를 듬뿍 넣은 옥수수 과자를 만들어 줘야지. 좋아. 갑자기, 벽시계를 보고 벌써 저녁 여덟 시가 되었음을 깨닫자 그녀는 너무도 걱정스러운 표정으로 불안스러워했는데, 그것은 확신에 찬 행복에 익숙해진 사람들의 특징인 침착함이 부족했기 때문이다. 일곱 시에는 돌아온다고 분명히 말했었는데. 혹시 사고라도? 차에 치이기라도 했다면? 이마에 땀방울이 솟은 그녀는 정확한 시간을 확인하려고 침실로 갔다. 겨우 여섯 시 오십 분. 그녀는 거울을 보고 미소 지으면서, 아브라함과 이삭과 야곱의 신에게 감사드렸다. 그러고는 침실 문을 닫고 나오다가 못에 손이 살짝 스쳤다. 이런, 파상풍에 걸릴지도 모르겠네! 빨리, 옥도정기를 발라야지. 유대인들은 목숨을 지나치게 소중히 여긴다. 죽음이 두려워지자 그녀는 결혼 첫날밤에 입었던 잠옷이 생각났는데, 죽는 날 다시 입게 될 이 두려운 잠옷은 장롱의 서랍 깊숙한 곳에 들어 있을 뿐, 그 서랍이 무서워서 한 번도 열어 보지 못했다. 독실한 신앙심에도 불구하고 그녀는 영생에 대한 확신이 없었다. 그 순간 층계 아래쪽에서 사랑하는 두 남자의 감동적인 발걸음 소리가 들려왔고, 그녀는 갑자기 생기를 되찾았다.

마지막으로 거울을 들여다본 그녀는 이 축제일에 아무도 모르게, 상당한 죄의식까지 느껴 가면서 얼굴에 발

랐던 화장용 백분의 마지막 흔적을 지우고 말았는데, 그 것은 로제 에 갈레 회사에서 만든 '베라 비올레타'라는 소박한 백색의 화장품이었다. 그녀는 곧 쇠사슬로 잠긴 문을 열러 갔다. 행여 무슨 일이라도 있을까 하는 두려움과 함께 포그롬*의 기억이 끈질기게 남아 있었기 때문에, 아파트 현관문은 언제나 쇠사슬로 잠가 두었던 것이다. 소중한 두 남자를 얼른 맞아들이는 것, 그것이 나의 성스러운 어머니의 사랑의 삶이었다. 보다시피 할리우드식 화려한 겉멋이라고는 조금도 없는 소박한 삶. 남편과 아들에게서 받는 칭찬, 그리고 그들의 행복, 그것이 그녀가 원하는 인생의 전부였다.

그녀는 문 두드리는 소리가 나기도 전에 문을 열었다. 아버지와 아들은 현관문이 마술처럼 열려도 놀라지 않았다. 그들은 이미 이런 일에 습관이 되어 있었고, 이 사랑의 파수꾼이 항상 숨어서 기다리고 있음을 알고 있기 때문이다. 그렇다. 그녀는 항상 나를 지켜보고 있기 때문에, 나의 건강이나 걱정거리 등을 남몰래 지켜보는 그녀

---

* pogromes. 소수민족, 특히 유대인에 대한 계획적이고 조직적인 수색과 학살을 지칭.

의 눈길은 때로 나를 불편하게 했다. 나는 그녀에게 지나치게 감시하고 꿰뚫어 보려 한다고 불평하곤 했다. 오, 이제는 영원히 잃어버린 성스러운 파수꾼이여. 열린 문 앞에서 미소 지으며 기대감으로 흥분된 얼굴로 서 있는 그녀는 위엄 있으면서도 유희적이었다. 마음만 먹으면 얼마나 생생하게 그때 그 모습이 다시 보이는지. 죽은 자들은 얼마나 생생하게 되살아나는가! "어서 오세요." 수줍은 듯, 자랑스러운 듯, 위엄 있는 그 모습에는 두 남자를 기쁘게 하려는 소망과 안식일의 엄숙함에 어울리는 아름다움이 넘치고 있었다. "어서 오세요, 안식일에 화평을"이라고 그녀는 우리에게 말했다. 그리고 두 손을 위로 치켜들어 햇살이 퍼지듯 손가락을 펴서 사제처럼 나를 축복하고 나서는, 거의 동물적인 본능의 시선으로, 암사자가 새끼를 살피듯, 오늘도 나의 건강이 좋은지 확인하고, 우울하거나 걱정거리는 없는지 살펴보았다. 그러나 그날 만사가 다 좋았기 때문에, 그녀는 우리가 가져온 전통적인 도금양 가지의 냄새를 맡았다. 그녀는 작은 손으로 도금양 가지의 새순을 비빈 다음 연극이라도 하듯 약간 과장된 동작으로 그 향기를 맡았는데, 그것은 동방의 종족인 우리 유대인들에게 어울리는 제스처였다. 그

때 그렇게도 아름다웠던 그녀, 걸을 때마다 고통스러워
하던 내 늙은 **엄마**, 나의 **엄마**.

3

내가 지금까지 이야기한 추억은, 어머니는 이미 늙었
고 나는 성인이 되어 외교관이랍시고 국제기구에서 근
무하고 있던 때의 일이다. 그 무렵 나는 휴가를 보내기
위해 근무지가 있던 주네브로부터 마르세유의 부모님
집으로 가곤 했다. 어머니가 아들을 대견하게 여겼던 것
은, 이교도들 사이에서 그렇게 높은 지위에 있는 아들
이 ─그녀는 아들에 관해서만은 몹시 과장해서 생각하
는 버릇이 있었는데─ 안식일마다 자발적으로 마르세유
의 유대교당에 나간다는 사실 때문이었다. 지금도 그녀
의 음성이 내 귀에 들린다.

"얘야, 주네브에서도 하느님의 집에 나가고 있지? 당연히 그래야지, 그렇고말고. 우리 하느님은 위대하고 거룩하신 분이란다. 그분이 우리를 파라오로부터 구해 주셨지. 이건 누구나 아는 사실이고, 성경에도 그렇게 쓰여 있어. 얘야, 네가 만일 학자들 때문에 하느님을 믿지 않는다고 하더라도, 그 학자들이나 그들의 허튼소리는 다 저주받을 테니 가끔씩이라도 교당에 나가거라. 이 **엄마**를 위해서 그렇게 해주려므나." 그녀는 부드러운 목소리로 간곡하게 말했다. 그녀는 비록 내가 무신론자라도 종교 의식에 참석한다면 겨울마다 찾아오는 기관지염에는 걸리지 않을 거라고 굳게 믿었다.

"얘야, **엄마**에게 말해 봐, 지금 국제노동사무국에서 어떤 자리에 있는 거니? 그 자리를 다들 뭐라고 부르니? ("외교부 보좌관이에요"라고 내가 말하자, 그녀는 환하게 웃었다.) 그러니까, 세관원들도 네게는 별수 없겠구나. 네가 지나가면 인사를 하겠구나. 세상에, 그런 멋진 일이! 나를 이날까지 살게 해주신 하느님이 얼마나 고마우신지! 돌아가신 네 할아버지께서, 지금은 평안히 영면하고 계시지만, 아직도 살아 계신다면 얼마나 기뻐하시겠니! 생전에 코르푸* 궁정 공증인이셨고 존경받으신 분이지만, 세관에서는 가방을 열어 보이셔야만 했단다. 학문이 높은 분이셔서, 네가 할아버지와 이야기할 수 있었다면 즐거웠을 거야. 그리고 내일은, 네가 좋아한다면, 참깨 누가를 만들어 줄게. 집에 있는 동안에 건강해져야 한다. 주네브의 비싼 식당에서 먹는 음식은 분명히 깨끗하게 씻지도 않은 거겠지. 얘야, 주네브에서 그 '천한 것'(풀이하자면, 돼지고기)을 먹지는 않겠지? 네가 그걸 먹는다면, **엄마**에게는 말하지 말거라, 알고 싶지 않으니까."

"그리고 이제, 얘야, **엄마** 말을 들어 봐, 나이 든 여자들이란 좋은 충고를 해줄 수 있단다. 너희 외교부에 상관이 계시지? 그 사람이 가끔 심한 말을 하더라도 화내지 마라. 조금만 참아. 네가 말대꾸라도 하면 그 사람도 화가 치밀어 올라 너를 미워할 것이고, 험악한 말들을 내뱉고, 또 너를 해칠 무슨 짓을 하게 될지도 모르는 일 아니니! 어쩌겠니, 우리 유대인들은 그저 참아야만 한다. 네 모자가 참 잘 어울리는구나." 내가 미소 짓자, 그녀는 한숨을

---

* 그리스 서안, 이오니아 군도의 북쪽 끝에 있는 섬. 코엔은 이곳에서 태어났다.

쉬며 말했다. "그런데, 그 딱한 아가씨들이 네가 웃는 얼굴을 보고도 어찌 가만히 있을까?" 아들에 대해서 편파적인 그녀는 사랑스러운 얼굴로 내 눈치를 살피면서 나의 연애를 상상하고는, 행여라도 이교도의 딸들이, 아름답고 지적이지만 질투심 많고 대담한 그 처녀들이 정열에 휩싸인 나머지 권총을 쏘아 대는 일이 생기지나 않을까 걱정했는데, 좋아 혹은 싫어, 라는 말 한마디 때문에, 단 몇 초 동안에 아들을 죽이는 미친 짓을 저지를 수도 있을 것이라고 생각했다. 이 가공할 우상 숭배자 바알*의 딸들은 남편이 아닌 남자 앞에서도 태연히 옷을 벗고 알몸이 되는 여자들이라고, 분명히 그렇게 들었다고, 그녀는 주장했다. 홀딱 벗은 알몸으로, 게다가 담배까지 피운다니! 정말 지독한 암사자 같은 여자들이 아니고 뭐란 말이냐! "애야, 가끔 랍비를 찾아뵙는 것이 좋지 않겠니? 그분은 착하고 정숙한 처녀들, 현모양처 감을 많이 알고 계신단다. 그렇다고 무슨 부담은 갖지 말아라. 아가씨들을 만나 보고, 맘에 들지 않으면, 다시 모자를 쓰고 나와 버리면 되는 거니까. 혹시 누가 아니, 하느님께서 네 색시

---

* 구약성서에서 바알은 다신교의 사악한 신들을 지칭하는데, 바알의 딸들이란 표현은 매춘부나 음란한 여인을 의미한다.

를 이미 정해 놓으셨는지? 너도 알지만 남자가 혼자 사는 것은 좋은 일이 아니야. 너를 돌봐 줄 좋은 색시가 있다는 것을 알기만 하면, **엄마**는 편히 눈을 감고 죽을 수 있겠구나." 내가 아무 말도 하지 않자, 그녀는 한숨을 쉬고는, 반나체의 암사자 같은 여자가 갑자기 핸드백에서 권총을 꺼내는 영상을 떨쳐 버리려고 애를 쓰면서, 영원하신 하느님, 전능하신 야곱의 하느님, 예언자 다니엘을 사자 우리에서 구하신 하느님께 모든 것을 맡겼다. 하느님께서 내 아들을 수많은 암사자들로부터 구해 주시리라. 그녀는 더 자주 교당에 나가기로 결심했다.

　그 당시 그녀는 이미 늙었고 작은 키에 약간 살이 찐 얼굴이었다. 그러나 눈은 여전히 놀랄 만큼 아름다웠고 손도 고와서, 나는 그 손에 입맞추기를 좋아했다. 마르세유에서 보내온, 그 작은 손으로 쓴 편지들을 다시 읽고 싶지만, 나는 그렇게 하지 못한다. 생생하게 살아 있을 그 기호들이 두렵기 때문이다. 그녀의 편지가 보이면, 나는 눈을 감은 채 서랍 속에 넣는다―눈을 감은 채로. 내가 더 이상 그녀의 사진을 똑바로 바라보지 못하는 것은, 그녀가 그 사진 속에서 나를 생각하고 있음을 알기 때문이다.

"애야, 나는 너처럼 공부를 많이 하지는 않았지만, 책 속에 나오는 그런 사랑이란 이교도들이나 하는 짓이란 다. 코미디를 하고 있는 거야. 서로 만날 때는 연극하는 것처럼 꼭 머리를 가꾸고 멋진 옷을 차려입지. 서로 정 신없이 좋아하고 눈물을 흘리고 끔찍하게 입술에 키스를 퍼붓다가도 일 년도 못 돼 이혼을 하지 않니! 도대체 거기에 무슨 사랑이 있겠니? 그렇게, 그런 사랑으로 시 작하는 결혼이란 벌써 좋은 징조가 아니란다. 소설에 나 오는 그 굉장한 사랑이란 것도, 멋진 여류시인 같은 애 인이 중병이 들어 항상 침대에 누워 있게 된다면, 과연 그 남자가 어린아이를 돌보듯이 그렇게, 무슨 말인지 알 겠지? 귀찮고 힘든 간호를 언제까지고 할 수 있느냐 말 이야. 그렇게 되면 남자는 여자를 더 이상 사랑하지 않 게 될 거다. 참된 사랑이란, 내 생각에는, 서로에게 익숙 해지는 생활 속의 습관이고, 함께 늙어 가는 거야. 애야, 완자를 먹을 때 삶은 완두콩을 곁들여 먹겠니 아니면 토마토를 줄까?"

"애야, 산에 올라가는 게 무슨 재미가 있는 건지 얘기 좀 해보렴. 산에 올라가면 뾰족한 뿔이 난 암소들이 눈을 동그랗게 뜨고 니를 바라보는 것이 그렇게 재미나는 일이니? 바위를 올라가는 게 재미있니? 미끄러져서 넘어질지도 모르는데, 그게, 무슨 재미있는 일이니? 어지럼증 나는 바위 위를 노새처럼 걸어다니는 게 재미있니? 니스에라도 놀러 가는 게 더 좋지 않겠니, 거긴 멋진 정원도 있고, 음악도 있고, 택시도 있고, 큰 상점도 있으니까 말이다. 사람이란 사람들 사이에서 살아야지, 뱀처럼 바위 틈에서 살면 되겠니? 그런 산이라는 게 산적들의 소굴 같은 게지. 네가 무슨 알바니아 사람이니? 그렇지 않고서야 어찌 그리 눈을 좋아한단 말이냐? 신발까지 적시는 산성 더미 위를 걸어다니는 게 그렇게 재미있니? 네 방에 있는 스키를 볼 때마다 가슴이 새처럼 떨리는구나. 그게 꼭 악마의 뿔처럼 보이니까 말이다. 발바닥에 터키의 장검 같은 것을 붙이다니, 얼마나 정신 나간 짓이니! 스키에 미친 사람들이 모두 다리를 부러뜨린다는 것을 모른단 말이니? 그런 짓을 좋아하는 사람들은 이교도들이고, 지각없는 인간들이야. 그들이 다리를 부러뜨리는 게 재미나다면 그렇게 하라지 뭐, 하지만 너는 코엔* 가문의 아들이고, 우리의 지도자 모세의 형제이신 아론의 자손이야." 나는 그녀에게 모세도 시나이 산에 올라갔다고 말했다. 그녀는 말문이 막혔다. 확실히, 전례前例는 중요한 의미를 갖는다. 잠시 생각하다가 그녀가 설명한 것은 시나이 산은 아주 낮은 산이라는 것, 게다가 모세는 그곳에 한 번밖에 가지 않았다는 것, 더구나 재미로 그런 게 아니라 하느님을 뵙기 위해 갔다는 것 등이었다.

---

* 구약성서에서 kohén은 의식을 집전하는 사람을 지칭한다. 모세의 형제인 아론의 자손들이 하느님에게서 이 직분을 부여받았다. 코엔은 『노트 1978』에 다음과 같이 쓰고 있다. "나의 할아버지는 아론의 자손인 코엔 가문이 성직자의 신분임을 말해 주었다. 그는 '우리 가문의 이름이 히브리어로 사제라는 의미이기 때문에, 너 또한 하느님의 의도와 출생에 의해 사제 알베르이다'라고 말했다."

4

그렇게나 부드러운 음성으로 말하던 그녀는 이제 말이 없다. 그녀는 가엾은 삶을 마쳤다. 마치 꿈속에서처럼 누군가가 내 팔에서 그녀를 빼앗아 갔다. 그녀는 전쟁 중에 점령지 프랑스에서 세상을 떠났고, 그때 나는 런던에 있었다. 생애의 만년을 내 곁에서 보내고 싶어 했던 그녀의 유일한 소망은 이렇게 어처구니없이 끝나 버렸다. 독일인들에 대한 공포, 유대인의 표식인 노란별, 어쩔 줄 모르는 양처럼 유순한 여인, 길거리에서의 치욕, 그리고 아마도 뼈저린 빈곤, 멀리 있는 아들…… 그렇게 끝이 난 것이다. 머지않아 죽게 되리라는 것, 다시는 나를 보지 못하리라는 것을, 사람들은 그녀에게 숨길 수 있었을까? 바로 그렇기 때문에 그녀는 편지에서 나를 다시 보게 될 기쁨을 되풀이해서 말했던 것일까? 그런데 하느님을 찬양하고 은총에 감사해야 한다니!

사람들은 그녀를 들어 올렸지만, 그녀는 말이 없었고, 부엌에서 그토록 바쁘게 움직이던 그 몸은 미동도 하지 않았다. 그녀의 침대로부터, 그토록 아들을 생각하던, 그토록 아들의 편지를 기다리던, 그토록 아들이 위험한 지경에 빠지는 악몽에 시달리던 침대로부터, 사람들은 그녀의 시신을 들어 올렸다. 사람들은 이미 굳어진 그녀의 몸을 들어 올려 관에 넣고, 거기에 못을 박았다. 관에 넣어진 그녀의 몸은 마치 두 마리 말이 싣고 갈 짐짝 같았고, 길거리 사람들은 여전히 물건들을 사고 있었다.

사람들은 그녀를 구덩이 속에 내려놓았지만, 작은 손을 항상 움직이면서 그렇게 생기 있게 이야기하던 그녀는 아무런 저항도 하지 않았다. 이제 말없이 땅속에 갇혀서, 다시는 빠져나올 수 없는 땅속 감옥에 갇혀서, 땅속의 고독함에 갇힌 말없는 수인이 되어서, 숨막힐 듯 무겁고 냉혹하게 내리누르는 땅속에 갇혀서, 그렇게 누워 있는 내 어머니, 그녀의 작은 손은 더 이상, 결코 더 이상 움직이지 못할 것이다. 다시는 움직이지 못할 것이다. 어제 구세군 플래카드가 하느님은 나를 사랑하신다고 가르쳐 주었다!

혼자서 땅속에, 이제는 무용지물이 되었으므로 땅속에 버려진 여인은 혼자 거기 누워 있고, 사람들은 친절하게도 그 위에 무거운 대리석을 얹어 사자死者가 움직이지 못하게, 거기서 빠져나가지 못하게 만들었다.

내 사랑하는 여인은 땅속에 누워 있는데, 그녀가 만들어 준 나의 손, 그녀가 입맞추던 나의 손은 이렇게 움직인다. 한때 살아 있던 여인 땅속에 누워 이제 한가로이 두 다리 뻗고 미동도 하지 않는데, 그 옛날 처녀 시절 수줍고 즐거운 마주르카 춤을 추던 여인. 이제는 모두 끝나 버리고, 그녀는 이 세상에 없다. 우리 두 사람 모두 홀로 되어, 당신은 땅속에 누워 있고, 나는 내 방에 앉아 있다. 살아 있는 자들 사이에서 조금은 죽어 있는 나, 죽은 자들 사이에서 조금은 살아 있는 당신. 지금은 내 두통이 조금 가라앉았으므로, 당신은 아마 살며시 미소 짓고 있으리라.

5

    어머니의 죽음을 슬퍼하는 것은 잃어버린 어린 시절을 그리워하는 것이다. 인간은 누구나 자신의 어린 시절을 원하고 그 시절로 돌아가고 싶어 하기 때문에, 나이 들수록 어머니를 더욱 사랑하게 되고, 그것은 어머니가 자신의 어린 시절이기 때문이다. 나는 한때 어린아이였고, 이제는 어린아이가 아니다. 그러나 나는 그 사실을 받아들일 수도 믿을 수도 없다. 문득 우리가 처음 마르세유에 도착하던 때가 생각난다. 그때 나는 다섯 살이었다. 배에서 내려, 버찌 장식이 붙은 밀짚모자를 쓴 **엄마**의 치맛자락에 매달려 있을 때, 나는 저절로 달리는 듯한 전차와 자동차들을 보고는 몹시 무서웠다. 그 속에 말이 한 마리씩 숨겨져 있을 거란 생각이 들자, 겨우 안심이 되었다.

아는 사람이라고는 하나도 없는 항구도시 마르세유, 그리스의 코르푸 섬으로부터 우리가 그곳에 도착한 것은 흡사 꿈속처럼 생각되었는데, 아버지, 어머니 그리고 나는 터무니없고, 우스꽝스러운 꿈을 꾸고 있는 것 같았다. 왜 하필 마르세유로 왔던가? 우리를 데려온 책임자 역시 그 이유를 몰랐다. 그 사람도 그저 마르세유가 큰 항구도시라는 말만 들었을 뿐이었다. 우리가 그곳에 도착한 지 며칠도 되지 않아 가엾은 아버지에게 닥쳐온 첫번째 놀라운 사건은 어떤 사업가에게 완전히 사기를 당한 일이었는데, 그자는 머리털은 금발이었고 코는 매부리코가 아니었다.* 부모들이 싸구려 호텔방 침대 가장자리에 앉아 울고 있던 모습이 지금도 눈에 선하다. '엄마'의 눈물이 무릎 위에 놓인 버찌 장식의 밀짚모자 위로 떨어졌다. 무슨 영문인지는 몰랐지만 나도 함께 울었다.

---

* 외모가 유대인이 아닌 아리안족이라는 의미.

마르세유에 도착한 지 얼마 되지 않아서 아버지는, 프 랑스 말이라곤 한마디도 몰랐기 때문에 겁에 질리고 어 리둥절한 나를 가톨릭 수녀들이 운영하는 작은 학교에 집어넣었다. 나는 아침부터 저녁까지 온종일 그곳에 있 었고, 나의 부모는 이 거대하고 끔찍한 세상에서 생활비 를 벌어 보려고 애썼다. 때때로 부모는 너무 이른 새벽에 집을 나서야 했기 때문에 차마 나를 깨우지 못했다. 아 침 일곱 시 자명종 소리에 잠이 깨면 **엄마**가 플란넬 천 으로 따뜻하게 감싸 놓은 밀크커피 잔이 보였는데, 그녀 는 새벽 다섯 시에 어떻게든 시간을 내어 내 마음을 달 래 줄 조그만 그림을 그려서 밀크커피 잔 옆에 세워 놓 았다. 그것은 **엄마**의 키스를 대신하는 것이었다. 그 그림 들이 지금도 눈에 선하다. 꼬마 알베르를 태우고 가는 배 에 알베르는 아주 작게 그려져 있고 알베르가 먹을 누가 사탕은 아주 크게 그려져 있었다. 여자친구를 데려가는 코끼리 기욤, 나스트린이라는 멋진 이름을 부르면 대답 하는 개미, 수프를 먹으려고 하지 않는 꼬마 하마, 어쩐 지 유대교 랍비와 비슷하게 생긴 병아리가 사자와 노는 그림…… 그 무렵 나는 **엄마**의 사진을 바라보면서 혼자 아침을 먹곤 했는데, 그 사진은 그녀가 내 곁에 있으려고 역시 찻잔 곁에 놓아둔 것이었다. 나는 아침을 먹으면서 나의 우상이자 단짝 친구인 귀여운 폴을 생각했고, 그 생각이 지나쳐서 어느 목요일 그 애를 우리 집에 데리고 와서 집에 있던 은식기를 아낌없이 몽땅 주어 버렸다. 그 애는 별 표정 없이 그것들을 가져갔다. 때로는 혼자서 모험 이야기를 지어내 중얼거렸고, 그럴 때면 나는 연대의 선두에서 말을 타고 달리면서 적으로부터 프랑스를 구했다. 나는 칼로 빵을 자를 때는 일부러 혀를 길게 내밀곤 했다. 그렇게 해야만 빵이 잘 썰어질 것 같았기 때문이다. 나는 아파트를 나설 때면 올가미를 사용해서 현관문을 잠갔다. 당시 나는 대여섯 살밖에 되지 않았고, 키도 아주 작았다. 문 손잡이가 내 키에 비해 아주 높은 곳에 있었기 때문에 나는 주머니에서 끈을 꺼낸 다음 한쪽 눈을 감고는 손잡이를 향해 올가미를 던졌고, 둥근 도자기 손잡이에 끈이 걸리면 아래로 끌어당겼다. 그러고는 **엄마**, 아빠가 말한 대로 여러 번 문을 두드려서 잘 잠갔나를 확인했다. 이 버릇은 지금까지 남아 있다.

수녀원 부속학교는 수업료가 없었다. 학교 점심 메뉴에는 두 종류가 있었는데, 가난한 학생들은 5상팀을 내고 쌀밥만 먹고, 부잣집 아이들은 15상팀을 내고 쌀밥과 작은 소시지 하나를 먹었다. 나는 부잣집 아이들이 먹는 메뉴를 멀리서 바라보곤 했지만, 그것을 눈으로밖에는 먹을 수가 없었다. 어쩌다가 내가 15상팀을 갖고 있으면 나를 유혹해서 그 맛있는 음식을 먹는 것은 인정머리없는 폴이었다.

지금 생각나는 것은 그 부속학교의 교장이었던 원장 수녀님이 커다란 캐스터네츠를 들고서, 장난질 좋아하는 우리 조무래기들이 콜타르 냄새가 풍기는 복도를 지나갈 때면, 그 발걸음에 박자를 맞추어 주던 일인데, 우리는 그 캐스터네츠를 딱딱이라고 불렀다. 그녀는 때때로 귀여운 아이인 나를 보고 가엾다는 듯이 한숨을 쉬었는데, 그때 나는 열심히 천을 잘라 병원에서 쓸 붕대를 만들거나 ─그것은 우리 학교의 중요한 교과목 중의 하나였다─ 메스꺼운 트뤼프 과자를 만드느라 정신이 없었다. 나는 므니에 초콜릿 두 개를 손에 꼭 쥐고 그것을 녹여서 트뤼프 과자를 만들었다. 나는 일이 더 잘되게 하려고 손을 바보처럼 흔들어 댔다. 지저분한 초콜릿 반죽 때문에 얼굴과 옷이 갈색 줄무늬로 범벅이 되었지만 친구들은 감탄을 하면서 나와 함께 이 한심한 수프 같은 액체를 핥아먹고는 '주교님의 진미'라고 이름 붙였다. 그렇다, 그때 내가 존경에 가득 찬 정열을 바쳤던 원장 수녀님은 나의 검은 곱슬머리를 보고는 때때로 한숨을 쉬면서 "정말 딱한 일이야"라고 말했는데, 그것은 내가 유대계임을 암시하는 말이었다.

그렇지만 이상스럽게도, 나는 다정한 가톨릭 수녀들의 귀여움을 받았다. 그녀들은 나에게 예절과 올바른 몸가짐을 가르쳐 주었고, 길거리에서 속된 아이들처럼 팔을 흔들면서 걸어서는 안 된다고 말했다. 이런 가르침에 복종하고, 감탄한 나머지, '악인'들과는 절대 타협하지 않으리라고 결심한 나는, 지금 생각하면 창피한 일이지만, 커다란 나비넥타이를 맨 채, 길거리를 걸을 때도 수녀들의 가르침대로 두 손을 경건하게 앞으로 모으고, 꼭 바보처럼, 즉 영원히 기도하는 듯 두 눈을 내리깔고 걸어다니기로 했다. 그런 동작이 몸에 배자 항상 길거리에서 행인들에게 이리저리 떠밀렸고, 종교 교육을 하지 않는 일반 학교의 심술궂은 아이들은 심지어 '성직자'라고 야유하면서 돌을 던지기까지 했지만, 나는 사랑하는 수녀들의 순교자로서 박해를 견뎠으며, 그들의 귀염둥이 알베르는 그러므로 오늘 그들에게 사랑과 존경을 바친다.

그 후 아버지의 사업은 좀 나아졌고, 나는 열 살 때부터 중등학교에 다녔다. 열 살 때 나의 모습이 떠오른다. 당시 계집애처럼 큰 눈에 무지개 빛으로 아롱진 복숭아 같은 뺨을 가졌던 나는 벨 자르디니에르 백화점*에서 산 옷을 입었다. 해군복을 본떠서 디자인한 이 옷에는 호루라기가 달린 백색 줄이 붙어 있었기 때문에, 나는 그 호루라기를 불면서 스스로 해군 소장의 아들, 사자 조련사, 기차의 기관사, 아버지와 함께 험한 바다를 항해하는 용감한 아들이자 견습 수병이라고 상상했다. 약간 돌았다고 할 정도로 상상의 세계에 빠져 있었다. 나는 내가 보았던 모든 것이, 아주 작은 크기이기는 하지만, 내 머릿속에 실제로 존재한다고 확신했다. 바닷가에 가면 눈앞에 보이는 지중해가 내 머릿속에도 들어 있다고 믿었는데, 그것은 지중해의 단순한 영상이 아니라 실제의 지중해 그 자체, 아주 작고 짠맛이 나는, 모형처럼 작기는 하

---

* 19세기 초 파리에 세워진 의류 및 유행용품 가게. 지금은 없어졌지만 19세기 중반에는 크게 번창하여 전국에 지점이 있었다.

지만 진짜 바다, 작은 물고기들이 헤엄치고 푸른 파도가 일렁이고 조그만 태양이 이글거리는 지중해였는데, 이 진짜 바다에는 험한 바위들이 삐쭉 솟아 있고, 내 머릿 속의 완벽한 배에는 석탄이 실려 있고 활기찬 진짜 선원들이 타고 있으며, 모든 배에는 항상 똑같은 외국인 선장이 있었고, 그는 키가 아주 작아서 가늘고 작은 손가락으로는 만져 볼 수도 있을 것 같았다. 세상의 곡마단인 나의 머릿속에는 진짜 대지와 숲이 있었고, 아주 작기는 하지만 세상의 모든 말들이 뛰어다녔고, 세상의 모든 왕들이 진짜로 거기에 살고 있었고, 모든 죽은 자들과 별들이 반짝이는 하늘이 거기에 있었고, 아주 작은 하느님까지도 있었다고, 나는 믿었다.

나는 그 시절을 회상한다. 나는 상냥한 성격에다 어른들의 말에 순종하는 것이 즐거웠고 칭찬받기를 원했다. 또한 감탄하기를 좋아했다. 어느 날 공부가 끝나고 학교에서 나오다가 우연히 마주친 어떤 장군을 두 시간 동안이나 졸졸 따라다닌 적이 있었는데, 그것은 단지 제복에 수놓인 멋진 떡갈나뭇잎 장식을 보는 것이 좋았기 때문이었다. 나는 작은 키에 약간 안짱다리인 이 장군이 존

경스러워서 어쩔 줄 몰랐다. 때때로 앞질러 달려갔다가
는 반쯤 돌아서서 다시 그를 향해 걸으면서 잠깐 동안
그 영광에 싸인 얼굴을 바라보았다. 그때의 내 모습이 떠
오른다. 성격이 온순했고 걸핏하면 얼굴을 붉히고 쉽게
사랑에 빠졌던 나는, 알지도 못하는 예쁜 계집애가 멀리
서 보이기라도 하면, 얼굴밖에 보지 못했으면서도, 즉시
사랑으로 발걸음이 들뜨고, 사랑의 기쁨으로 탄성을 내
지르고, 사랑의 감정으로 두 팔을 크게 벌렸다. 그 모든
것이 벌써 좋지 않은 징조이긴 했지만.

나는 내 방에 프랑스를 숭배하는 비밀 제단을 만들어
놓았다. 열쇠로 잠글 수 있는 서랍장의 선반 위에 프랑스
의 영광을 상징하는 제단을 세우고 그 주위에 작은 양
초, 거울 조각, 은박종이로 만든 작은 술잔들을 배치했
다. 제단에 안치된 성스러운 유물은 라신, 라퐁텐, 코르
네유, 잔 다르크, 뒤게스클랭, 나폴레옹, 파스퇴르 그리고
물론 쥘 베른의 초상화였는데, 심지어는 루이 부스나르*
의 초상화도 있었다.

---

* 당시의 청소년들이 애독했던 모험소설가(1847-1910). 작품으로는 『파리 소
년의 세계일주』 『불타는 섬』 등이 있다.

그 프랑스 비밀 제단에는 더 영광스럽게 보이게 하기 위해서 일부러 찢어 놓은 작은 프랑스 국기들을 늘어놓았고, 레이스 냅킨 위에는 작은 대포가, 그 옆에는 내가 천재라고 믿었던 루베, 팔리에르와 같은 대통령의 사진이 있고, 알지도 못하는 어떤 대령의 사진도 있었다. 이 대령이라는 계급은 장군보다 더 고상하고 더 부러운 것이었지만, 왜 그렇게 생각했는지는 나 자신도 알 수 없다. 금박지로 소중하게 싸놓은 머리카락은 장난치기 좋아하는 학교 친구가 프랑스 혁명에 참가했던 어떤 군인의 머리카락이라며 비싼 값에 내게 팔았던 것인데, 나는 그 머리카락 대금으로 살구씨를 백 개나 지불했다. 계란컵* 옆에는 프랑스의 영광에 바치는 나의 짧은 자작시가 놓여 있었다. 예쁜 카나리아의 사진에 그림자를 던지고 있는 계란컵 속의 종이꽃은 그 새의 죽음을 추모하는 것이었다. 나는 이 조그만 신전의 벽에 붙어 있는 작은 봉헌 판석에 '프랑스에 영광을' 혹은 '자유, 평등, 박애' 등 고귀하고 본질적인 사상을 적어 놓았다. 오, 이 놀라운 유대인의 협동 정신이여! 그것은 『시온 현자들의 협

---

* 반숙된 계란을 넣어 숟가락으로 퍼먹는 작은 컵

약』*과도 같은 것이었다.

지금 생각나는 일이지만, 학교 다닐 때에 나의 프랑스어 발음에는 근동 지방에서 온 사람의 억양이 하도 두드러져서, 내가 대학 입학 자격시험 준비라는 야심찬 계획을 세웠을 때 친구들은 나를 비웃었고, 절대로 자기들처럼 프랑스어를 쓰고 말할 수 없을 거라고 장담했다. 사실 그들의 주장은 옳은 것이었다. 베르나데, 미롱, 루라이유 같은 우등생 급우들의 이름이 갑자기 생각난다.

---

* 1903년 러시아에서 발간된 100쪽 가량의 책자. 러시아 비밀경찰이 반유대주의 사상을 퍼뜨리기 위해 제작한 것으로 추측되는데, 후에 프랑스어로 번역되었다. 유대인 비밀결사가 세계 지배를 획책하고 있다는 허위 주장이 주요 내용인데 1920년대 프랑스에서 유대인 박해의 근거로 이용되었다.

6

우리 가족은 마르세유에 아는 사람이 하나도 없었다. 가난하기는 했지만 자부심이 강했기 때문에 우리는 누구와도 왕래하지 않았다. 아니, 우리를 찾아오는 사람이 없었다고 해야 옳을 것이다. 그러나 우리는 그 사실을 시인하지 않았거나, 혹은 깨닫지도 못했다. 우리는 이 서양 세계에 대해서 무지했고 어찌할 줄 몰랐으며 약삭빠르지도 못했다. 벽난로에 불을 지필 때만 하더라도 아궁이에 장작을 넣는 게 아니라 잘게 쪼갠 널빤지를 집어넣었기 때문에 금세 타버리고 말았다. 그중에서도 가장 걸작은 불이 사그러들 때까지 조심스럽게 통풍구를 막아 놓았던 것인데, 부모님은 그것이 더 위생적이라고 생각했다. 항상 따뜻한 봄날씨여서 벽난로라는 게 뭔지도 모르는 근동 지방에서 온 이 피난민 부부는 사실 괴상한 벽난로에서 불꽃이 밖으로 튀어나오면 몸에 해로운 뭔가를 발산하게 될 거라고 생각했다. 바로 이런 마법이, 어머니가 '위대한 졸라'라고 불렀던 분을 질식시켜 죽게 만들었던 것이 아닌가.* 그녀는 분명히 졸라의 책을 한 권도 읽지 않았지만, 그가 드레퓌스 대위를 옹호했다는 사실은 알고 있었다. ("원, 세상에 어째서 이 드레퓌스 대위는 허리에 큰 칼을 차고 다니는 장교가 될 생각을 했을까? 우리 유대인들에게는 그런 직업이 맞지 않는데 말이다"라고 그녀는 말했다.) 다시 우리 집 난방법으로 이야기를 돌리자면, 윙윙거리는 소리만 나고 통풍구가 막힌 벽난로 앞에서, 우리는 추위에 덜덜 떨면서 지냈다. 얼음장 같은 바람소리로 몸을 덥히고 있었던 것이다!

　우리 식구는 사회적으로 아무것도 아닌 존재, 외부와 아무 접촉도 없이 고립된 사람들이었다. 그 무렵 겨울, 일

---

* 에밀 졸라는 1902년 굴뚝이 막힌 벽난로에서 새어 나온 연기에 질식해 숨졌다.

요일마다 어머니와 나는 함께 극장에 가곤 했는데, 우리는 두 친구, 정답고 수줍은 두 연인으로서 연극이 상연되는 세 시간 동안, 우리 가족에게는 거부되었던 이 사교생활의 대용품을 어렴풋이나마 구경할 수 있었다. 지금까지 누구에게도 말한 적은 없지만, 함께 나누었던 이 불행이 그녀와 나를 결속시켰다.

여름날 일요일에 함께 산책하던 일도 생각나는데 그때 나는 아주 어렸다. 우리는 넉넉한 형편은 아니었지만 라 코로니슈를 한 바퀴 일주하는 데는 15상팀밖에 들지 않았다. 전차로 한 시간 걸리는 이 여름날의 나들이는 우리의 피서이고 바깥세상 구경이었으며 기마 여행이었다. 우리 두 사람은 체구는 빈약했지만 그래도 한껏 차려입었고, 하느님도 부럽지 않을 만큼 다정했다. 그런 일요일이 생각난다. 그때는 팔리에르 대통령 시대였는데, 이 뚱뚱하고 혈색 좋은 평범한 인상의 정치가가 우리 학교를 방문했을 때 나는 존경심으로 몸이 떨릴 지경이었다. "프랑스의 지도자"라고 나는 되풀이해서 중얼거렸고, 그 감격으로 몸에 닭살이 돋는 것 같았다.

이런 일요일이면 어머니와 나는 우스꽝스러울 만큼 옷차림에 모양을 냈는데, 지금 생각하면 연민이 느껴지는 것은, 그 옛날 순진한 우리 두 사람이 필요 이상으로 잘 차려입었어도 아무도 우리와 함께 있지 않았고, 아무도 우리에게 관심을 보이지 않았다는 사실이다. 물론 남에게 잘 보이려고 그렇게 정성 들인 옷차림을 한 것은 아니었다. 나는 어울리지도 않는 어린 왕자 같은 복장에 계집애 같은 얼굴을 하고는, 남들이 놀리는 것도 모르고 천진난만하게 몹시 좋아했다. 그녀는 평민 여인의 옷을 입고 코르셋으로 바짝 몸을 조인 시바의 여왕이었는데, 그 호사스러움에 감격해서 약간 얼이 빠져 있었다. 지금도 생생하게 떠오르는 것은 그녀의 기다란 검은 레이스 장갑, 여러 가지 주름 장식으로 부풀린 벌집과 흡사한 모양의 블라우스, 모자에 드리워진 베일, 깃털로 장식한 모피 목도리, 손에 든 부채, 그리고 허리가 잘록한 긴 치마 등인데, 치마를 손으로 살짝 받쳐들면 그 밑자락으로 진주빛 단추들이 달려 있는 반장화가 드러나고, 장화의 가운데는 금속으로 만든 작고 동그란 고리가 붙어 있었다. 간단히 말해 우리의 일요일 나들이 옷차림은 상류층 저택의 오후 공연에 출연할 통속 가수와 다름없었다.

다만 손에 악보 뭉치를 들고 다니지 않았을 뿐이었다.

　마침내, 바다 바람의 습기로 낡아빠진 카지노 맞은편 '해변' 정류장에 도착한 우리는 점잔을 빼면서, 설레이고 얼떨떨한 기분으로, 녹색 테이블 앞의 철제 의자에 자리를 잡았다. 우리는 '오카스쿠르트'라는 조그만 간이식당의 웨이터에게 소심한 표정으로 맥주 한 병과 접시와 포크를 갖다 달라고 부탁한 다음, 그의 호감을 사기 위해 푸른 올리브 몇 개를 주문했다. 웨이터가 물러가자, 즉 곤란한 순간이 지나가자, 그녀와 나는 좀 당황스러웠지만 만족한 미소를 교환했다. 그리고 그녀는 보자기에 싼 먹을 것을 꺼내 나에게 내밀면서 혹시 다른 손님들이 우리를 보고 있지는 않은지 약간 계면쩍은 표정을 지었는데, 그것은 근동 지방의 일품요리인 시금치를 곁들인 완자, 치즈파이, 어란젓, 코렝트 건포도 빵, 그리고 여러 가지 맛있는 것들이었다. 그녀가 나에게 건네준 약간 빳빳하게 풀을 먹인 냅킨은 전날 밤 정성스럽게 다림질해서 준비해 둔 것이었는데, 그녀가 〈루치아 디 라메르무르〉*를 콧노래로 부르면서 다림질할 때 느꼈던 그 말할 수 없는 행복감은 내일 아들과 함께 바닷가로 놀러간다는 사실에 기인하는 것이었다. 그녀는 지금 이 세상에 없다.

점잖게 식사를 시작하면서 일부러 여유 있게 바다를 바라보기도 했던 우리 두 사람, 우리는 떨어질 수 없는 사이였다. 그녀의 일주일 중 가장 멋진 순간, 그녀의 꿈, 그녀의 정열, 그것은 바닷가에서 아들과 함께 식사하는 것이었다. 그녀는 낮은 목소리로 ―유달리 열등감이 심했던 가엾은 여인― 나에게 바다 공기를 많이 들이마시고, 한 주일을 위해서 맑은 공기를 저장해 두어야 한다고 말했다. 나는 그녀만큼이나 얼간이였고, 그래서 시키는 대로 했다. 다른 손님들은 이 조그만 멍청이가 일부러 입을 크게 벌리고 지중해의 공기를 한껏 들이마시는 것을 바라보았다. 그렇다, 우리는 멍청이들이었지만, 그러나 우리는 서로 사랑했다. 우리는 끝없이 이야기했고, 낮은 목소리와 점잖고 교양 있는 태도로 다른 손님들에 관해서 이야기했고, 이야기하면서 즐거웠고, 그렇지만 어쩐지 외출 준비를 하며 집에서 나누었던 이야기보다는 못한 것 같았고, 그럼에도 불구하고 즐거웠고, 그렇지만 또

---

* 도니제티의 오페라(1835). 플로베르의 『보바리 부인』에서 엠마는 이 오페라를 관람하러 루앙에 간다

한편 거기에는 어떤 표현할 길 없는 서글픔이 배어 있었던 것도 사실이었는데, 그것은 우리 둘이서만 이야기한다는 모호한 느낌에서 비롯된 것이었다. 왜 우리는 그토록 고립된 생활을 해야만 했을까? 그것은 우리가 가난했기 때문이었고, 자존심이 강했기 때문이었고, 이주해 온 사람들이기 때문이었고, 사회생활의 융통성이라고는 전혀 없는 고지식한 사람들이었기 때문이었고, 다른 사람들을 사귀는 데 필요한 최소한의 기교도 없었기 때문이었다. 지금 생각해 보면 우리가 너무 서둘러서 서투른 다정함을 표시했고, 약점을 너무 서둘러서 드러냈고, 우리의 수줍은 성격 때문에, 가능했을지도 모를 다른 사람과의 교제가 이루어지지 못했던 것이다.

우리는 녹색 테이블에 앉아서 다른 손님들을 바라보면서 그들이 하는 말을 들으려고 애썼는데, 그것은 천박한 호기심 때문이 아니라 그들과 함께하고 싶은 인간적 갈망 때문이었으며, 멀리서나마 친구가 되고 싶은 마음 때문이었다. 우리는 그토록 사람들과 사귀기를 바랐다. 우리는 그들의 이야기를 들음으로써 그 같은 갈망을 채웠다. 그것은 나쁜 일일까? 나는 그렇게 생각하지 않는다. 이 세상에서 정말 나쁜 일은 우리가 아무리 다정하고 순박하게 군다 해도, 그것만으로는 누군가가 팔을 벌려 우리를 받아들이지 않는다는 사실이다.

우리는 녹색 테이블에 앉아 이 서글픈 심사를 떨쳐 버리려고 많은 이야기를 했다. 그러나 이야기의 주제는 항상 우리 두 사람과 아버지, 다른 도시에 살고 있는 몇몇 친척이었을 뿐, 쓸쓸한 기분을 풀어줄 만한 타인들, 진짜 타인들은 아니었다. 우리는 둘이서만 이야기하는 지루함을 감추기 위해서, 또 우리 두 사람이 서로 상대방을 완전히 충족시키지는 못한다는 것을 감추기 위해서, 실로 그렇게 많은 이야기를 했던 것이다. 이제는, 마음 내킬 때면 언제나 만날 수 있는 그 대단한 인간들을 멀리하고, 다시 엄마 곁에서 그 옛날의 지루함을 느껴 보고 싶은 마음 얼마나 간절한가!

지금 회상하고 있는 그 일요일, 볼품없는 어린아이였던 내가 갑자기 빠져 들어간 상상의 세계는, 내가 순간적으로 이십 미터를 뛰어오를 수 있는 마술적인 능력을 갖게 되어, 뒤꿈치를 가볍게 들어올리기만 해도 전차 위로 날아오르고 카지노의 둥근 지붕 위까지 뛰어올라서, 손님들이 이 신동에게 열광적인 박수갈채를 보내고 그를 사랑하게 되는 것이었다. 상상 속의 나는 다시 땅 위로 내려와 숨을 약간 헐떡이면서 보란 듯이 자랑스러워하는 어머니 곁으로 뛰어가고, 식탁의 손님들은 그녀에게 달려와 그렇게 놀라운 묘기를 부리는 아이를 낳은 **엄마**에게 축하의 말과 함께 악수를 건네면서, 자기네 식탁으로 초대하겠다고 말하는 것이었다. 모든 사람들이 우리에게 미소를 보내고 다음 일요일에 자기네 집에서 점심 식사를 하자고 초대할 것이다. 나는 벌떡 일어나서 뒤꿈치를 들어올려 보았지만 마술적인 능력은 나타나지 않았고, 그래서 나는 도로 자리에 주저앉으면서 **엄마**를 멀거니 쳐다보았는데, 여지껏 상상했던 멋진 선물을 그녀에게 줄 수 없었기 때문이었다.

저녁 아홉 시에 어머니는 음식 보따리를 다시 챙겼고, 우리가 전차를 기다리는 정류장 근처 남자 화장실에서는 우울한 냄새가 풍겨 왔으며, 우리는 거기서 얼간이들처럼 멍한 표정으로, 돈 많은 사람들이 즐거운 소리로 와자지껄 떠들면서 여럿이 떼를 지어 오거나 자동차에서 내려 룰렛 게임을 하러 카지노로 들어가는 것을 바라보 았다. 아무 말 없이 전차를 기다리는 우리 두 사람은 초 라한 한패였다. 두 사람만의 쓸쓸함으로부터 우울한 기 분을 떨쳐 버리려고, 어머니가 먼저 말을 꺼냈다. "집에 가 서 예쁜 분홍색 종이로 교과서를 싸줄게." 그 말을 듣자 나는 그만 까닭 없이 울고 싶어졌고, 그래서 그녀의 손을 꼭 쥐었다. 그녀와 나의 멋진 나들이라는 것은 보다시피 이렇게 알량한 것이었다. 그러나 우리는 서로 사랑했다.

7

내 어린 시절의 **엄마**, 그 곁에만 있어도 따뜻함을 느꼈었는데, 그녀가 끓여 주던 뜨거운 차도 이제는 맛볼 수가 없다. 이제는 볼 수 없는, 향긋한 냄새가 배인 그녀의 옷장, 그것은 마편초馬鞭草를 넣어 두었던 내의들과 정답고 소박한 레이스 소품들이 들어 있던 곳, 내가 목요일마다 열어 보던 그 아름다운 버찌나무 옷장은 내 어린 시절의 왕국이고 조용한 놀라움이 가득한 곳, 과일잼 향기를 풍기면서 어둑한 음영이 드리워진 그 옷장, 내가 스스로 아랍의 족장이라고 상상하면서 기어 들어가 놀던 거실의 식탁 밑처럼 그렇게 기분 좋고 그렇게 어둑하던 곳. 이제는 사라진, 앞치마 끈에 매달려 방울 소리 내던 그녀의 열쇠 꾸러미, 그것은 그녀의 장식품이며 가사家事훈장이었다. 이제는 사라진 그녀의 보석 상자, 거기 가득 들어 있던 오래된 은장식품들은 내가 병을 앓고 회복될 때 가지고 놀던 내 장난감들이었다. 오, 이제는 사라진 어머니의 가구들. **엄마**, 그렇게 활기차고, 그렇게 용기와 힘을 주고, 무조건 안심시키려고 얼토당토않은 이유를 대면서 무조건 격려해 주던 **엄마**, 당신은 저 높은 하늘나라에서 착했던 열 살짜리 아들을 보고 있나요?

어린 아들이 아팠을 때 집에 왕진 온 의사를 보고 기뻐하던 그녀의 얼굴이 떠오른다. 이 의사의 방문에 그녀는 극도로 감격했지만, 우리가 열렬한 존경심을 품었던 그 사람은 향수 냄새를 풍기면서 저명한 의사인 척 뻐기는 얼간이에 불과했다. 그의 왕진에 대해 우리는 돈을 지불했지만, 어쨌든 그것은 어머니에게는 세상과 접촉하는 하나의 사건이고, 어떤 형태이건 사교생활이었다. 바깥세상에서 오신 이 훌륭한 분께서 고립된 채 살아가는 여인에게 말을 건네자, 돌연 그녀는 생기가 돌고 고상한 모습으로 변했다. 더구나 고명한 신사가 의학적인 이야기가 아니라 정치적인 화제를 꺼내자 그녀는, 잃어버린 자존심을 회복하고, 그 사람과 동등해지고, 비록 잠시 동안이지만 불치의 나병과도 같은 고립 상태에서 벗어나는 것처럼 보였다. 분명 그녀는 자신의 아버지가 예전에 저명인사였다는 것을 회상했을 것이다. 지금도 생각나는 것은 그녀가 마치 촌부인 양 극진하게 대했던 그 의사, 호언장담만 하던 그 얼간이가 우리 눈에는 세상에서 제일 훌륭한 사람으로 보였고, 나는 그의 모든 것을, 그 굉장한 주먹코 위의 곰보 자국까지도 존경했다는 점이다. 지금도 생각나는 것은, 향수 뿌린 머리를 내 가슴에 대고 청진하던 그 의사를 그녀가 존경스러운 눈길로 바라보던 모습이고, 그러기에 앞서 그녀가 내민 새 수건을 그가 얼마나 거만하게 건네받았던가 하는 것이다. 청진에 사용된 이 수건의 마술적인 필요성을 그녀는 또 얼마나 존중했던가. 지금도 생각나는 것은 진찰하는 의사를 방해하지 않으려고 발끝으로 걷던 그녀의 모습, 자신의 값비싼 시계를 한 손에 폼나게 쥐고서 멋진 동작으로 나의 맥을 짚어 보던 의사의 모습이다. 모든 것에 그렇게 생생한 감각을 지녔던 가엾은 **엄마**, 이 세상의 기쁨을 철저하게 박탈당했던 **엄마**, 그것은 정말 멋진 광경

이 아니었나요?

　지금도 생각나는 것은 그 얼간이 의사가 위엄을 부리며 처방전을 갈겨쓰고 있는 동안, 그것이 마치 부적이라도 되는 것처럼 숨죽이며 지켜보던 그녀, 그가 처방전을 쓰는 동안 내 말이 방해될까 봐, 지식의 세계에 신들린 그 위대한 인물의 영감을 방해할까 봐, "쉿" 하고 내게 손짓하던 그녀의 모습이다. 지금도 생각나는 것은 그 의사에게 매혹되고 감동한 그녀가 젊은 처녀 같은 태도로 그를 현관까지 배웅하면서, 얼굴을 붉힌 채, 어린 아들의 병세가 심하지는 않다는 것을 확인하려고 그의 눈치를 살피던 모습이다. 처방전을 들고 그녀는 곧장, 신과 같은 의사보다야 못하지만 그래도 대단하게 생각하는 약사에게 달려가서, 마술 같은 효과를 낼 약을 지어 왔다. 어머니는 또 약을 얼마나 중요하게 여겼던가. 그녀는 자신이 지어 온 약을 내게 먹이려고, 그 약을 먹고 효과를 보게 하려고, 한 알도 남기지 않고 먹게 하려고, 갖은 애를 썼다. "이건 아주 잘 듣는 약이야." 그녀는 새로운 물약을 내밀면서 이렇게 말했다. 나는 그녀를 기쁘게 하려고 어른이 되어서도 온갖 신체 기관과 조직에 좋다는 다양한 약들을 입에 넣고 삼켜야만 했다. 그녀는 내가 약을 먹는 모습을 황홀한 얼굴로, 그러나 엄격한 주의력으로 바라보고 있었다. 그렇다, 내 어머니는 단순한 여자였다. 그러나 나에게 좋은 점이 있다면 그것은 모두 그녀에게서 받은 것이다. 이제 당신을 위해 할 수 있는 일이 아무것도 없으니, **엄마**, 당신이 준 내 손에 입을 맞출 수밖에 없어요.

당신이 죽던 날, 당신의 아이도 죽었어요. 당신이 죽던 순간 나는 갑자기 어린 시절로부터 추방되어 어찌할 수 없이 늙은 사람이 되어 버렸어요. 당신과 함께 있으면 어른인 척할 필요가 없었는데 말이에요. 그 후로 나를 기다리고 있는 것은 항상 어른인 척, 책임감 있는 근엄한 사람인 척 행동하는 것이에요. 이제는 밥을 너무 빨리 먹어도, 밤늦게까지 책을 읽어도 꾸중할 사람이 없어요. 이제 나는 열 살짜리 아이가 아니고, 이제 그 따뜻한 방에서, 차가운 겨울 안개를 벗어나, 동그랗고 노란 석유램프 불빛 옆에서, 당신의 보호 속에서, 실패나 전사화轉寫畵를 갖고 놀 수도 없는데, 아, 그때 당신은 열심히 바느질하며 달콤하고 애매하고 황홀한 계획들을 세우고 있었는데…… 그렇게 어처구니없이 당하고 밀다니.

오 나의 옛날, 나의 어린 시절, 그 작은 방, 정다운 새끼 고양이들이 수놓인 방석들, 고상한 석판화, 안락함, 맛있는 잼, 탕약, 기관지 약, 타박상 약 아르니카, 부엌의 가스 버너, 보리 시럽, 오래된 레이스 수예품, 집 안의 냄새들, 나프탈렌 냄새, 도자기 램프, 잠자리에 들 때 **엄마**의 키스, 내가 침대에 누우면 시트를 매트 밑으로 접어 넣어 주고는, 내 친구 다람쥐와 꿈속 달나라 여행을 가라고 말하면서 키스해 주던 **엄마**! 오 나의 어린 시절, 마르멜로 젤리, 분홍색 양초들, 사진이 실린 목요일 자 신문, 플러시 천으로 만든 곰인형, 병이 났다가 회복될 때의 달콤함, 생일날들, 가장자리에 레이스 무늬가 있는 편지지에 썼던 신년 축하 편지들, 크리스마스 때의 칠면조 요리, 바보처럼 식탁 위에 서서 암송하던 라퐁텐의 우화들, 온갖 색깔의 사탕들, 방학을 기다리던 일, 굴렁쇠 놀이, 디아볼로 놀이,* 장난치다 더러워진 내 작은 손, 살갗이 벗겨진 무릎, 언제나 참지 못하고 그 상처의 딱지를 뜯어내

---

* 손에 든 두 개의 막대로 켕긴 실 위에서 팽이를 굴리는 놀이.

던 일, 시장터의 시소, 일 년에 한 번씩 그녀가 데려가던 알렉상드르 서커스단, 몇 달 전부터 그 서커스를 기다리던 일, 신학기에 새로 산 공책들, 인조 표범 가죽으로 만든 책가방, 일본 필통,* 칸막이가 여러 개인 필통, 특무상사 펜, 블랑지 푸르 총검펜,** 빵과 초콜릿 간식, 잔뜩 모아 놓은 살구씨들, 식물 채집상자, 유리구슬들, **엄마**가 부르던 노래들, 아침마다 그녀가 복습시키던 학교 공부, 부엌에서 멋진 솜씨로 요리하는 그녀를 바라보던 시간들, 어린 시절, 작은 포근함과 사소한 행복들, **엄마**의 케이크, **엄마**의 미소들, 다시는 경험할 수 없는 그 모든 것들, 오 마술이여, 오 이제는 사라진 옛날의 소리들, 흩어진 연기, 사라진 계절들. 어린 시절의 강기슭은 멀어져 간다. 나의 죽음이 다가온다.

---

* 당시 초등학생들에게 인기 있었던 검은 니스칠을 한 필통. 뚜껑에 금박 꽃무늬가 있었다.
** 문구업체인 블랑지 사가 푸르 교수의 디자인을 바탕으로 생산했던 이 펜은 비스듬한 모양 때문에 '총검펜'이라고 불렸다.

8

　열여덟 살에 나는 마르세유를 떠나 주네브로 가서 대학에 입학했고, 그곳의 아름다운 처녀들은 다들 친절했다. 그때부터 어머니는 철저히 고독해졌다. 그녀는 마르세유에서 뿌리 뽑힌 생활을 했다. 먼 친척들이 있기는 했지만 너무도 부유한 그들은 어머니를 만나면, 그 호화로운 생활이 부러워 어쩔 줄 모르게 만들면서 굉장한 사교생활에 관한 이야기를 늘어놓고, 가끔씩 선심이라도 쓰듯이 남편의 초라한 장사에 관해서 물어보았다. 그녀는 그들을 몇 번 만나고 나서는 발길을 끊었다. 그리고 심장발작을 일으킨 후에는 아버지의 일을 도울 수 없게 되어 대부분의 시간을 아파트에서 혼자 보내야 했다. 그녀가 아무와도 왕래가 없었던 것은 사람을 사귀는 데 서툴렀기 때문이다. 더구나 아버지 동료들의 부인네들은 그녀와 같은 부류가 아니어서, 아마도 그녀를 마음에 들어 하지 않았을 것이다. 그녀는 장사꾼의 부인들과 어울려서 같이 웃는 법을 몰랐고, 그녀들의 관심사에 흥미를 보이지 못했고, 그녀들처럼 말하는 재간이 없었다. 그녀는 만나는 사람이 없었으므로 혼자서 자기 아파트만을 들락거렸다. 그러므로 오후에 집안일이 끝나면 그녀는 자기 자신을 방문했다. 그녀는 나들이옷을 차려입고 자신의 아파트를 여기저기 거닐면서 방들을 둘러보고, 이불을 다독거리고, 쿠션을 제자리에 놓고, 새로 산 카펫을 흐뭇하게 바라보고, 식당의 분위기를 맛보고, 모든 것이 잘 정돈되었나를 살펴보고, 이 질서와 마루의 왁스 냄새와 한심한 싸구려 새 벨벳 소파를 사랑했다. 그녀는 소파에 앉아서 자신을 자기 집에 온 손님으로 맞아들였다. 그 무렵, 새로 산, 둥근 모양의 커피메이커는 그녀가 새로 사귄 친구였다. 그녀는 그것을 쳐다보며 미소 짓고, 좀 더 잘 보려고 약간 거리를 두기도 했다. 그러고는 나한테서 선물받은 예쁜 핸드백을 바라보았는데, 그것을 고운 종이에 싸놓고는 행여나 닳을까 봐 결코 사용하지 않았다.

그녀의 생활은 자신의 아파트가 전부였고, 아들에게 편지를 쓰는 일, 아들의 편지를 기다리는 일, 아들을 찾아가는 여행 준비, 조용한 아파트에서 남편을 기다리는 일, 남편이 귀가할 때 반갑게 맞이하는 일, 남편의 칭찬에 자랑스러움을 느끼는 것이 그녀의 전부였다. 때로는 찻집에 가서 케이크를 한 조각 사 먹으면서, 멋진 여자들의 대화를 듣기도 했는데 그것은 외로운 여자의 위안거리였다. 어쩌다 가능하면 대화에 끼어들어, 그 초라한 기쁨이 주는 소박한 만족을 느끼기도 했지만, 그녀는 거의 항상 구경꾼이었을 뿐 출연자는 아니었다. 그녀는 혼자서 영화관에 가보기도 했다. 화면 속의 인물들은 그녀를 친구로 받아들였고, 그래서 그녀는 거기에 나오는 아름다운 기독교도 여인들의 불행에 눈물을 흘렸다. 그녀는 일생토록 고립된 여자였고, 그녀의 사회생활이라고 할 제과점 유리창에 살찐 얼굴을 기댄 채 부러운 눈길로 바라보는 수줍은 아이였다. 내가 왜, 서글펐던 내 어머니의 삶을 이야기하는 것일까. 아마도 그녀의 외로움을 복수하기 위해서일 것이다.

그녀는 날마다, 집에 없는 아들의 자리를 식탁에 마련했다. 심지어 내 생일날에는 집에 없는 나의 식사까지 차렸다. 그녀는 주인 없는 접시 위에 가장 맛있는 요리를 놓고, 그 앞에는 내 사진과 꽃을 놓았다. 그녀는 내 생일날의 디저트로 주인 없는 접시 위에 항상 아몬드 케이크의 첫 번째 조각을 얹어 놓았다. 어린 시절 내가 그것을 가장 좋아했기 때문이다. 그리고 그녀는 떨리는 손으로 주인 없는 잔에 항상 사모스 포도주를 따랐다. 그녀는 조용히 남편 곁에서 식사를 했고, 그리고 내 사진을 바라보았다.

9

내가 집을 떠난 후, 그녀의 최대 연중행사는 여름이면 주네브에 와서 나와 함께 지내는 일이었다. 그녀는 이 여행을 몇 달 전부터 준비했다. 옷을 수선하고, 선물을 사고, 실패하긴 했지만 살을 빼서 좀 날씬해지려고 노력하기도 했다. 이런 방식으로, 출발하기 오래전부터, 그녀는 행복감을 느꼈다. 그것은 벌써 내 곁에 와서, 나와 함께 지내는 듯한 느낌을 맛보기 위한 그녀만의 비결이었다. 주네브에서 나와 함께 지내는 동안, 다시 말하면 그녀의 삶에서 대모험이 펼쳐지는 동안, 그녀는 나를 기쁘게 하려고 몹시 애를 썼다. 내 친구들 앞에서는 근동 출신 여인의 몸짓을 하지 않으려고 노력했고, 마르세유 사람 같기도 하고 발칸 지방 사람 같기도 한 특이한 말투를 감추고 파리 출신처럼 보이려고, 웅얼거리며 불확실하게 말했다. 가엾은 내 어머니.

그녀는 의지가 강하지 못했다. 식이요법을 계속하지 못했고, 심장병 때문에 해마다 몸이 불었다. 그렇지만 그녀는 주네브에 올 때마다 작년보다 체중이 몇 킬로그램이나 줄었다고 주장했다. 나는 그 말이 틀렸다고는 말하지 않았다. 사실 마르세유를 출발하기 몇 주 전부터 그녀는, 날씬한 몸이 되어 나를 기쁘게 하려고, 거의 굶다시피 하며 식사량을 줄였다. 그러나 아무리 노력해도 늘어나는 체중은 도무지 줄어들지 않았다. 그래서 점점 몸이 불고 있는데도 불구하고 그녀는 항상 날씬해진다는 근사한 환상에 빠져 있었다.

그녀는 주네브에 올 때면 식이요법을 반드시 지키겠다고 굳은 결심을 했다. 그러나 언제나 그 결심을 위반했고, 위반한다는 의식조차 없었으며, 위반은 특별한 경우뿐이라고 주장했지만, 그 특별한 경우라는 게 일상적으로 반복되었다. "파이가 잘 되었는지 조금만 맛을 봐야 겠구나." "이 아몬드 케이크는 상관없을 거야. 애야, 눈꼽 만큼만 맛을 보면 목구멍에 넘어갈 것도 없겠지? 그렇지 않으면 나중에 많이 먹고 싶어질 테니까, 미리 조금 맛보는 게 나을 거야. 입맛이 당길 때 조금 먹어 두지 않으면 결국 더 뚱뚱해진다는 걸 모르니?" 내가 커피에 설탕을 넣지 말라고 하면 그녀는, 설탕은 살을 찌게 하지 않는다고 주장했다. "물에 설탕을 넣으면 없어져 버리잖니." 약국의 체중계가 몸무게가 늘었다고 가리키면 그녀는 체중계가 고장난 거라거나, 그 위에서 몸을 너무 움직였기 때문이라거나, 모자를 쓴 채 올라갔기 때문이라고 말했다. 푸짐한 식사를 할 경우에도 언제나 그럴듯한 이유를 붙였다. 어떤 날은 막 주네브에 도착했으므로 그런 멋진 날에는 축하를 해야 한다거나, 또 어떤 날은 좀 피곤하니까 설탕을 친 튀김요리가 몸에 좋다는 것이었다. 또 다른 날에는 아버지에게서 다정한 편지를 받았으므로, 또 며칠 후에는 편지를 받지 못했으므로 역시 잘 먹어야 했다. 또 다른 경우에는 며칠 후에 주네브를 떠나게 되니까 잘 먹어야 했다. 또 어떤 때는, 자신의 식이요법 때문에 나까지 덩달아 부실한 식사를 해서는 안 되기 때문이라는 이유를 붙였다. 그러고는 코르셋을 꼭 조이면, 그것으로 만사해결이었다. "뭐 어떠니, 내가 결혼할 아가씨도 아닌데."

그러나 내가 나무라기라도 하면 그녀는 진심으로 내 말을 믿고, 곧 병이라도 날까 봐 걱정을 태산같이 했고, 여섯 달 동안만 식이요법을 착실히 하면 패션모델처럼 날씬한 몸매가 될 것이라고 하면, 또 그 말을 그대로 믿었다. 그러고는 하루 종일 그 생각을 하면서 식사를 참고, 날씬한 몸매가 주는 수많은 기쁨을 쓸쓸히 상상했다. 갑자기 그 모습에 측은해진 내가 그런 일들이 아무 소용 없으리라는 생각이 들어서, 결국 식이요법도 큰 도움이 되지는 못할 것이라고 말하면, 그녀는 금세 열렬하게 내 말에 동의했다. "얘야, 살을 뺀다는 이 식이요법이라는 게 우울증을 생기게 하고, 결국은 살을 더 찌게 만들 뿐인 것 같구나." 나는 그러면 어디 좋은 식당에 가서 저녁을 먹자고 제안했다. "그거 좋지. 얘야, 죽기 전에 좀 즐기자꾸나." 그녀는 멋진 옷을 차려입고 철없는 소녀처럼 기분이 좋아서 실컷 식사를 했지만, 이미 나의 허락을 받았기 때문에 아무런 거리낌이 없었다. 나는 그런 모습을 바라보면서 그녀가 상수할 체질은 아니라고 생각했고, 그렇다면 그런 작은 기쁨이라도 누리는 게 옳다고 느꼈다. 나는 열심히 식사하는 그 모습을 가만히 바라보았다. 마치 내가 그녀의 아버지인 것만 같은 느낌으로, 부지런히 움직이는 그녀의 작은 두 손을, 아, 그때는 살아서 움직이던 그 두 손을, 나는 오랫동안 바라보았다.

그녀는 깔끔하게 정리를 하는 데는 영 서툴렀지만, 정작 본인은 그 방면에 대단한 능력이 있다고 믿었다. 언젠가 마르세유에 갔을 때 알파벳순으로 분류해서 정리할 수 있는 서류철을 사가지고 가서, 사용방법을 설명하면서, 예를 들어 가스 요금 청구서는 G자 밑에 보관해야 한다고 말해 주었다. 그녀는 내 말을 진지하게 듣고는 열심히 분류하기 시작했다. 몇 달 후에 다시 집에 가보니 가스 요금 청구서가 Z자 밑에 있었다. "이렇게 하면 더 편하단다. 기억하기가 더 좋거든"이라고 그녀는 설명했다. 집세loyer 영수증은 L자 밑에 있지 않고 Y자에 가 있었다. "얘야, Y자 밑에도 뭔가 있어야 되지 않겠니? 게다가 집세란 말에도 Y자가 있으니까 말이다." 그러고는 점점 옛날 방식으로 되돌아갔다. 세금 쪽지는 벽난로 속에, 집세 영수증은 중탄산소다 통 밑에, 전기 요금 청구서는 향수병 옆에, 은행 통장은 '화재보험'이라고 쓰인 봉투 속에, 병원 처방전은 낡은 축음기의 나팔관 속에 들어 있었다. 다시 엉망이 되고 말았잖아요, 라고 내가 말하자, 그녀는 잘못을 저지른 아이처럼 곤란한 미소를 지었다. "그렇게 해보니까 더 정신이 없더구나." 그녀는 눈을 내리깔며 말했다. "그렇지만 네가 원한다면 또 분류를 해보지, 뭐." 저 밤하늘 어둠 속 별들 너머에 있을 어머니, 당신에게 키스를 보내고 싶어요.

주네브에서 나와 함께 건널목을 건널 때면 그녀는 동작이 둔했다. 원래 몸놀림이 민첩하지 못하다는 것을 의식하면서 걸을 때마다 힘들어하던, 심장병 환자인 내 어머니는 항상 자동차를 무서워했고 자동차에 치일까 무서워서, 길을 건널 때면 내가 이끄는 대로 열심히, 무서워하면서도 힘껏 용기를 내어 걸었다. 딸을 데리고 가는 아버지처럼 내가 팔을 붙들면, 그녀는 고개를 숙인 채 곧장 빠른 걸음으로, 자동차들은 보지도 않고, 내가 이끄는 대로 잘 따라오려고 눈을 감고, 완전히 내게 몸을 맡기고, 우스꽝스럽게 급한 걸음으로, 놀란 얼굴로, 어떻게든 차에 치이지 않으려고, 어떻게든 죽지 않으려고, 그렇게 걷곤 했다. 그녀는 절대로 죽어서는 안 되는 자신의 의무를 다하기 위해, 용기를 내어 돌진하다시피 길을 건넜고, 몹시 겁을 내면서도 나의 지혜와 능력을 믿었고, 보호자인 아들만 있으면 어떤 나쁜 일도 일어날 수 없다는 것을 추호도 의심하지 않았다. 그렇게 둔하던 내 어머니. 전차에 올라타는 것도 그녀에게는 험한 산을 오르는 것만큼이나 힘든 일이었다. 나는 그런 그녀를 놀리곤 했다. 그녀는 내가 놀리는 것을 좋아했다. 지금은 땅속에 누워 못마땅한 잠을 자고 있는 그녀, 차에 치일까 그렇게 무서워하더니 지금은 꼼짝도 않고 바보처럼 누워 있다.

주네브의 전차 속에서 차가 멈출 때마다, 그녀가 구경하기 좋아한 것은 활기 넘치는 사람들, 새로운 손님들이 우르르 몰려들어 차에 올라타 만족한 얼굴로 자리에 앉는 모습, 숨을 헐떡거리며, 차를 놓치지 않고 겨우 올라타고는 안도의 미소를 지으며 서로를 바라보는 두 여자 친구 따위였다. 자신들에게 관계되는 일이면 모두가 중요하기 짝이 없는 평범한 시민들, 우스꽝스러운 인간들. 내 어머니는 그런 사람들을 구경하기를 좋아했다. 그런 것이야말로 그녀에게 주어진 유일한 사회적 접촉이었다. 그녀는 모든 것을 금세 알아차렸다. 심지어는 평범한 여점원이 방금 산 비싼 비누를 왜 그렇게 열심히 바라보고 있는지, 그녀는 그 이유까지도 알고 있었다. "가엾은 아가씨지, 고급 비누를 사서 자신을 위로하고 있는 거란다. 그 비누가 멋진 생활을 대신해 주는 거지. 그렇게 하면 인생에서 성공한 느낌이 들기 때문이야." 이제 그녀는 말을 하지 못한다. 그녀는 침울하게, 흙빛의 쓸쓸함 속에 있다.

힘들게 걷던 내 어머니와 주네브 여기저기를 한없이 돌아다니던 때는 이제 옛날이 되었지만, 그 당시, 느리기만 한 그녀의 발걸음에 내가 즐거운 마음으로 보조를 맞추고 그녀보다 더 천천히 걸었던 것은 피곤해지지 않을까, 창피해하지 않을까 하는 생각 때문이었다. 그녀는 정다운 주네브와 스위스의 모든 것에 감탄했고, 작고 소박하고 건실한 이 나라를 무척이나 좋아했다. 그녀는 순진하게도 스위스가 전 세계를 다스릴 것을 꿈꾸었고, 스위스 세계 왕국이라는 것을 구상해 보았다. 그녀는 선량하고 합리적이고 양심적이면서도 엄격하기도 한 스위스 사람들이 모든 나라의 정부의 우두머리가 되어야 한다고 말했다. 그러면 모든 일이 잘될 것이다. 우선 순경과 우체부들이 말끔하게 면도를 하고 구두도 잘 닦아서 신을 것이며, 우체국이 깨끗해지고, 모든 집에는 꽃이 만발할 것이며, 세관원들은 친절해지고, 기차역도 깨끗하게 닦아 니스칠을 할 것이고, 이제는 전쟁도 없을 것이다. 그녀는 주네브 호수의 깨끗함에 감탄했다. "이 사람들의 물까지도 정직하구나"라고 그녀는 말했다. 지금도 눈에 선한 것은, 존경 어린 표정으로 입을 약간 벌린 채 대학 입구에 새겨진 글귀를 읽던 그녀의 모습이다. '주네브 시민들은 이 건물을 고등교육에 봉헌함으로써 교육의 혜택에 경의를 표하고, 교육이 시민들의 자유에 대한 근본적인 보증이 되기를 희망한다.' "정말 아름답구나. 이곳 사람들이 쓴 저 아름다운 글을 보렴." 그녀는 조용히 중얼거렸다.

특별한 목적도 없이 그녀와 함께 주네브 가게들의 진열장 앞에서 서성거리던 일은, 이제 다시는 해볼 수 없는 일이다. 이렇게 그녀와 함께 다닐 때면 편안하게 해주려고, 나 역시 근동 사람 식으로 행동했다. 심지어 길거리에서 남몰래 짭짤한 피스타치오를 먹기도 했던 우리 두 사람의 모습은 지중해 출신의 정다운 단짝, 사랑하기 위해서 거창한 대화도 잘난 척하는 코미디도 필요치 않는 두 친구, 함께 있으면 편안하기만 하고 그래서 함께 어슬렁거리는 두 친구와 흡사했다. 조금만 걸어도 그녀는 얼마나 빨리 피곤해했던가! 그 느린 발걸음은 이미 그녀의 장송곡, 그녀의 죽음의 시작이었다.

우리가 천천히 걷고 있을 때, 그녀는 갑자기 가장 친한 친구인 나에게, 아주 중요한 듯한 생각을 말했다. "얘야, 너도 알지만, 사람은 결국 짐승이 아니니. 봐라, 사람도 네 발이 있고 뾰족한 이빨이 있지. 그런데 옛날 언젠가 우리 지도자 모세께서 오셔서, 십계명의 힘을 이용해서 이 짐승들을 사람으로, 하느님의 자식으로 만들기로 결심을 했단다. 이런 짓을 하면 안 된다. 저런 짓도 하면 안 된다, 그건 나쁜 짓이다, 짐승들은 서로 죽이지만 너희는 살인하지 말라, 하고 말했지. 그런데 내 생각으로는, 그 십계명은 모세가 시나이 산에서 명상을 하면서 거닐다가 만들어 낸 것 같구나. 그런데 그걸 하느님께서 만드셨다고 말한 것은 더 감명을 주기 위해서겠지. 우리 유대인들이 어떤 사람인가는 너도 잘 알고 있잖니. 유대인들은 항상 최고를 원하는 버릇이 있어. 병이 나더라도 최고로 유명한 의과대학 교수를 모셔 오지. 그래서 이런 유대인 기질을 잘 알고 있는 모세는, 십계명이 하느님께서 직접 내리신 율법이라고 말하면 정신을 바짝 차리고 더욱 존중할 거라고 생각을 한 거야."

갑자기 어머니는 내 팔을 붙들고 거기 기대면서, 아직도 3주는 나와 함께 지낼 수 있다는 사실에 만족스러워했다. "애야, 말 좀 해보렴. 네가 쓴 그 이야기들 말이다(그녀는 그즈음 내가 출간한 소설을 그렇게 불렀다). 그걸 어떻게 머릿속에서 지어낸 거니? 신문에 난 사고 이야기는 어려울 게 없지. 실제로 일어난 일이니까, 그저 적당한 말로 쓰기만 하면 될 테니까. 하지만 네가 쓴 것은 전부 지어낸 것이어서, 몇 백 쪽이나 되는 이야기가 네 머릿속에서 나와야 하는 게 아니니. 원, 세상에, 그렇게 놀라운 일이 어디 있겠니!" 그녀는 글쓰는 나를 명예롭게 하기 위해서 옛 우상을 부인했다. "책을 쓴다는 것은 무척 어려운 일이야. 그에 비하면 의사가 되는 것은 아무것도 아니지. 그저 책에서 배운 것을 되풀이하면 그만이고, 청동 사자상이 있는 멋진 환자 대기실을 자랑하며 거드름을 피우면 그만이니까. 그런데 이야기를 수백 쪽이나 쓴다는 것은 말이다……" 그녀는 꿈꾸는 듯한 표정으로 말했다. "그런데 나처럼 형편없는 사람은 문상 편지 한 장도 제대로 쓰지를 못하는구나. '얼마나 상심이 되십니까'라고 한 줄 쓰고 나면 그다음에는 무얼 써야 할지 모르겠으니 말이다. 네가 문상 편지 견본을 하나 써주면 좋겠지만, 너무 어려운 말은 쓰지 말아라. 그런 말이 나오면 내가 쓴 게 아니란 것을 남들이 알아차릴 테니까." 그리고 갑자기 그녀는 기쁜 듯이 한숨을 쉬었다.

"너랑 이렇게 산책을 하니 기분이 좋구나. 너는 내 말에 귀를 기울여 주니까 말이다. 너하고는 대화가 통하거든."

그날 나는, 그녀의 만류에도 불구하고, 부드러운 스웨이드 가죽구두 한 켤레를 선물했다. "애야, 돈을 아껴야지. 다 늙은 여자가 무슨 스웨이드 가죽구두가 필요하겠니." 그렇게 말하면서도 그녀는 빨리 집에 가서 그 구두를 '자세히 살펴보고' 싶어 했다. 지금도 눈에 선한 그녀의 모습, 엘리베이터를 타자마자 포장을 풀었고, 새 구두를 손에 들고 아파트에서 왔다갔다하면서, 자세히 살펴

보았고, 좀 멀리서 바라보다가, 더 잘 보려고 힌쪽 눈을 감아 보았고, 그러다가 구두의 보이는 멋과 보이지 않는 멋을 내게 설명하던 그 모습, 눈에 선하다. 천성적으로 그녀는 쉽게 감동받고, 때로는 터무니없이 감동하기도 했다. 잠자리에 들기 전에 그녀는 새 구두를 침대 곁에 놓았는데, 그것은 '아침에 눈을 뜨자마자 볼 수 있게 하기 위해서'였다. 그녀는 착한 아들을 자랑스러워하면서 잠이 들었다. 그렇게 하찮은 것에도 만족하고, 그렇게도 쉽게 기뻐하던 내 어머니. 다음 날 아침 식사 때 그녀는 그 소중한 구두를 식탁 위 커피포트 옆에 올려놓았다. "나의 작은 손님이야." 그녀는 그렇게 말하면서 미소 지었다. 초인종 소리가 울리자 그녀는 소스라쳐 놀랐다. 혹시 마르세유에서 전보가 온 것일까? 그러나 그것은 양복점에서 내 새 양복을 배달하러 온 것이었다. '**엄마**'는 흥분했고, 그래서 곧 축제 분위기가 되었다. 그녀는 양복을 만져 보고는, 대단한 전문가라도 되는 듯이(그 방면에 대해서는 아무것도 모르면서도) 스코틀랜드 모직으로 만든 것이라고 자신 있게 말했다. "이 옷을 입고 즐겁고 건강하거라." 그녀는 정색을 하고 말했다. 그녀가 내 머리에 손을 얹고 그 양복을 백 년 동안 입으라고 말했을 때, 나는 약간 우울한 기분을 느꼈다. 그리고 한번 입어 보라고 해서 내가 그렇게 하자, 그녀는 두 손을 한데 모으면서 황홀한 표정을 지었다. "정말로 터키의 왕자 같구나!" 그러고는 마음속 깊은 곳에 간직하고 있던 소망을 결국 말하고야 말았다. "이제, 약혼녀만 있으면 부족할 게 없겠구나." 그녀가 나에게 다시는 '죽음의 천사'를 타지 않겠다는 맹세를 하라고 말했던 것은 바로 그날 아침이었음이, 지금 생각난다. 그녀는 비행기를 그렇게 불렀다. 그녀는 지금 이 세상에 없다.

10

외로울 때면, 내 어머니가 불러 주던 그 부드러운 자장
가를 혼자 불러 보지만, 그녀의 몸에는 이제 차가운 죽
음의 손가락이 놓여 있어서, 내 목구멍에는 메마른 흐느
낌만 잠길 뿐, 이미 싸늘해진 작고 따스한 손을 부드럽게
내 이마에 갖다 댈 수도 없다. 내 뺨에 닿을 듯 말 듯 서
투른 그녀의 키스도 이제 다시는 느끼지 못할 것이다. 이
제 다시는 그 조종弔鐘 소리도, 사랑했던 자들의 죽음을
슬퍼하는 그 노랫소리도, 우리는 듣지 못할 것이다. 이제
다시는 그녀의 얼굴을 보지 못할 것이고, 나의 무관심과
성냄의 순간들을 지우지도 못할 것이다.

한번은 그녀에게 몹시 화를 낸 적이 있었는데, 그것은 터무니없는 이유 때문이었다. 아들의 몹쓸 짓. 터무니없이 소동을 피운 몹쓸 아들. 대체 무엇 때문에? 내가 집에 돌아오지 않자 불안해진 그녀, 아들이 돌아오기 전에는 잠을 잘 수 없었던 그녀는 새벽 네 시에 나를 초대했던 친구들에게 전화를 했는데, 그들은 물론 어머니와 비교한다면 형편없고 무가치한 인간들이었다. 그녀의 전화는 단지 확인을 하기 위한, 내게 아무 일도 일어나지 않았다는 것을 알고 안심하기 위한 것일 뿐이었다. 그런데도 나는 집에 돌아오자마자 머저리처럼 화를 냈다. 이 장면은 아직도 내 가슴에 문신처럼 새겨져 있다. 성녀와도 같이 유순한 그녀는 어리석은 나의 질책 앞에서 어쩔 줄 몰라 쩔쩔매면서, 자기가 잘못했다고, 잘못을 저질렀음이 분명하다고 자책했다. 자신의 죄를 확신하던 그녀, 가엾은 그녀는 아무 잘못도 저지르지 않았는데 말이다. 그녀는 어린애처럼 울고 있었다. 오, 이제 다시는 방울져 흘러내리지 않게 할 수도 없는 그 눈물. 어쩔 수 없이 벌써 푸른 반점이 나타나기 시작하던, 그 작은 손. 사랑하는 **엄마**, 이제야 그날의 잘못을 고백하며 속죄하고 싶어요. 우리를 사랑하는 사람들을 우리는 얼마나 괴롭히는

가, 그들을 괴롭힐 수 있는 우리의 힘은 얼마나 끔찍한가, 또 우리는 그 힘을 얼마나 잘 이용하는가. 도대체 무엇 때문에 그토록 몹쓸 화를 터뜨렸단 말인가? 아마도 그녀가 외국인 억양과 서툰 프랑스어로, 소위 교양 있다는 그 잘난 자식들에게 전화를 했던 것이 나를 당황하게 만들었기 때문일 것이다. 이제 다시는 들을 수 없는 그녀의 서툰 프랑스어와 외국인 억양.

그날 그렇게 분풀이를 했던 나, 이제는 내가 그 벌을 받아 괴로워해야 마땅하다는 것과, 그날 밤 그 서투른 성녀―자신이 성녀임을 알지도 못하는―에게 몹쓸 짓을 했음을 나는 알고 있다. 야비하고 천박한 인간 형제들*이여, 자식의 부모 사랑이란 것이 그 얼마나 허울 좋은 말인가. 내가 그녀에게 화를 낸 것은 그녀가 나를 지나치게 사랑했기 때문이고, 나를 생각하는 마음이 너무 깊었기 때문이고, 걸핏하면 걱정했기 때문이고, 아들 때문에 너무 애를 태웠기 때문이다. 항상 나를 안심시켜

---

* 프랑수아 비용의 시 「교수형 받은 자들의 발라드」에 나오는 '우리가 죽은 다음에도 살아갈 인간 형제들이여'에서 따온 것으로 생각되는 이 표현은 코엔의 다른 작품 『오 그대, 인간 형제들이여』의 제목으로도 쓰였다.

주던 그 목소리가 들린다. **엄마**, 당신이 옳아요. 내가 꼭 한 번 몹쓸 짓을 한 다음 잘못을 빌었을 때, 당신은 너무도 기쁜 얼굴로 용서해 주었어요. 내가 당신을 얼마나 사랑했는지, 당신도 알고 있잖아요. 우리 둘은 얼마나 행복했던가요, 얼마나 수다스러웠던 공범자이자, 얼마나 끝없이 지껄이던 친구였던가요. 그렇지만 나는 당신을 더 사랑할 수도 있었고, 매일 편지를 쓸 수도 있었고, 당신에게 당신이 나에게 소중한 사람이라는 느낌을 더 많이 줄 수도 있었는데, 오직 나만이 그렇게 할 수 있었는데, 그것은 아무도 거들떠보지 않던 보잘것없는 당신을 자랑스럽게 만들곤 했었는데…… 아, 나의 수호신, **엄마**, 내 사랑하는 딸이여!

나는 그녀에게 자주 편지를 쓰지는 않았다. 그것은 그녀가 마르세유의 우리 집 우편함을 하루에도 몇 번씩 열어 보지만 아무것도 발견하지 못하는 모습을 상상할 수 있을 만큼, 내 마음속의 사랑이 깊지 않았기 때문이다. (이제 나는 우편함을 열어 보고 몇 주 전부터 기다리던 내 딸의 편지를 발견하지 못할 때마다, 얼굴에 엷은 미소를 짓는다. 어머니가 나에게 복수를 한 것이다.) 가장 한심했던 것은 내가 때때로 그녀의 전보를 받고 싸증을 냈다는 점이다. 마르세유에서 온 그 변변치 못한 전보는 항상 내용이 똑같았다. '소식 없어서 걱정, 건강은?' 한번은, 얼굴에 젊은 여자의 향수 냄새를 풍기면서 그런 전보에 답장을 했는데, 지금 생각하면 후회스럽다. '건강 아주 좋음. 곧 편지하겠음.' 하지만 나는 곧 편지를 쓰지 않았다. **엄마**, 이 책은 나의 마지막 편지예요.

그나마 나 스스로를 위안할 수 있는 일은, 어른이 되고 나서는(물론 꽤 시간이 걸렸지만) 아무도 몰래 그녀에게 돈을 주었고, 그것이 그녀에게 아들이 보살펴 준다는 티 없는 기쁨을 주었다는 사실이다. 지금 생각해 보니 그녀에게 진공청소기를 사주었더라면 좋았을 것 같다. 그것은 틀림없이 그녀에게 시적인 기쁨을 주었을 것이다. 그녀는 때때로 그 청소기가 놓인 곳으로 가서, 그것을 애지중지하며, 예술가가 작품을 감상하듯 한 걸음 물러서서 요모조모를 살펴보고, 기쁜 한숨을 쉬었을 것이다. 이런 물건들은 그녀에게는 중요한 것들이었고, 삶에 생기를 돋워 주었다. 또 한 가지 위안은, 내가 그녀의 이야기를 열심히 들어 주었고, 비록 위선적이기는 하지만 친척들과의 다툼에도 참여했다는 것인데, ██ 그녀에게는 중요한 문제였고 내게는 귀찮은 일이었다. ██는 그녀의 편을 들며 그녀의 눈 밖에 난 어떤 친척을 비난하는 데에 함께 맞장구쳤지만, 이틀 후에 바로 그 사람에게서 사근사근한 편지라도 받으면 그녀는 곧 그를 치켜세웠다. 또 하나, 내가 억지로 위로받는 한심한 생각, 그것은 심장병 환자인 그녀의 느린 발걸음에 보조를 맞출 줄 알았다는 사실이다. "얘야, 너는 다른 사람들과 달리, 정상적인 속도로 걸을 줄을 아는구나. 그래서 너랑 걸으면 기분이 좋아." 생각해 보면, 우리는 시속 3백 미터의 속도로 걸었던 것이다.

또한 지금 다소나마 나에게 위안이 되는 것은 내가 그녀의 기분을 맞춰줄 줄 알았다는 것이다. 그녀가 새 옷을 입을 때면, 사실 새 옷은 아니고 언제나 모양새를 고친 것일 뿐이었지만, 그래서 썩 어울리지도 않았지만, ██는 이렇게 말하곤 했다. "처녀처럼 멋져요." 그녀는 ██줍은 기쁨으로 얼굴이 환하게 붉어지며 내 말이 ██실이라고 믿었다. 내가 터무니없는 칭찬을 할 때██다, 그녀는 매력적인 동작으로 작은 손을 입술에 ██다. 그것은 그녀의 삶이 빛나는 순간이었고, 자존심이 회복되는 순간이었다. 적어도 그 순간만은 외롭고 업신여김을 받는 생활이라는 게 뭐 그리 중요했겠는가? 황홀할 만큼 칭찬을 해주는 아들이 있으면 그만 아닌가. 그러나 나의 진정한 위안은, 자신의 죽음이 나를 얼마나 불행하게 만들었는가를 정작 그녀 자신은 모른다는 점이다. 좀 밝은 기분이 되려고, 두 손을 비비면서 이런 생각을 내 고양이에게 털어놓았더니, 그 녀석은 얌전하게 목을 가르랑거렸다.

또 한 가지 회한은 어머니가 살아 있다는 사실을 나는 그저 당연하게만 생각했다는 점이다. 그녀가 내 아파트에서 여기저기 왔다 갔다 하는 것이 얼마나 소중한 것이며 또 얼마나 덧없을 것인가를 나는 깨닫지 못했다. 나는 그녀가 살아 있다는 사실에 무심했다. 나는 그녀가 주네브에 오는 것도 그다지 원하지 않았다. 어떻게 그럴 수가 있는가? 아주 놀라운 일이 있었지만, 한번은 겨우 열 마디의 전보를 보낸 지 이틀 후에 그녀가 주네브 역 플랫폼에, 언제나처럼 수줍은 미소를 띠고, 언제나처럼 약간 망가진 여행가방을 들고, 잘 맞지도 않는 작은 모자를 쓰고, 나타났던 것이다. 겨우 열 마디의 전보를 보냈을 뿐인데, 그녀는 거기에, 마술처럼, 서 있었다. 물론 그때 마술을 부린 것은 나 자신이었지만, 내가 그 같은 마술을 자주 부리지 못했던 것은 어리석게도 젊은 계집애들에게 빠져 있었기 때문이었다. 당신 마음은 열 마디짜리 짧은 전보로 만족하지 못했으니, 이제는 내게 한없이 긴 4천 마디의 전보를 보내세요, **엄마**.

그때 보냈던 그 전보 생각이 머리에서 떠나지 않는다. 우체국에서 열 마디짜리 전보를 보내면, 곧 그녀는 열차 승강구에 서서 집게손가락으로 내게 신호를 보낸다. 승강구 발판 위에서, 행여 넘어질까 무서워하면서도, 서툰 동작으로 내려서려고 서두르던 그 모습, 곡예하듯 날렵한 몸놀림은 그녀와는 거리가 먼 몸짓이었다. 그리고 나를 향한 발걸음, 위엄 있고 부끄러운 듯한 모습, 곱슬머리, 약간 큰 코, 너무 작은 모자, 약간 굽은 뒤꿈치, 약간 부은 발목. 균형을 잡으려고 팔을 흔들면서 나를 향해 힘들게 걸어오는, 약간 우스꽝스러운 모습, 그러나 내가 사랑하는 것은 그녀, 더없이 아름다운 눈을 가진 이 서툰 동작의 여인, 살아 있는 이 예루살렘. 비록 점잖은 서양 부인으로 변장하고 있을지라도 그녀는 아득히 먼 저

가나안으로부터 온 여인, 그녀 자신은 그 사실을 알지 못한다. 이제 그녀의 작은 손이 내 뺨을 어루만진다. 아들을 만난 감동. 도착하기 전 30분 동안 열차 화장실에서 그녀는 얼마나 정성스럽게 머리를 빗고 옷을 매만졌을까. 보지 않았어도 나는 훤히 알고 있다. 그렇게 오랫동안 단장을 한 것은 우아한 차림으로 아들에게 경의를 표하기 위해서였으며, 아들에게서 칭찬을 받고 싶은 마음 때문이었다. 그러고 나서 나에게 모든 것을 맡긴 그녀는, 그때부터 내가 모든 것을, 짐꾼을 부르고 택시를 잡는 일을 다 알아서 해줄 거라고 믿는다. 그녀는 순한 양처럼 내 뒤를 따라온다. 주네브 경찰에게 여권을 보여 줄 때, 영원한 외국인으로서 그녀가 느끼는 일말의 불안감. 그러나 내가 곁에 있으므로 별로 무서워할 게 없다. 택시 안에서 그녀는 내 손을 잡고 거기에 살짝 서투른 키스를, 작은 카나리아의 새털 같은 가벼운 키스를 한다. 그녀에게선 그다지 비싸지 않은 향수 냄새가 난다. 마침내 우리는 집에 도착한다. 그녀는 나의 근사한 아파트에 약간의 두려움을 느낀다. 그녀는 침을 한 번 삼키는데, 그것은 점잖아 보이고 싶을 때 나타나는 궁여지책의 버릇이다. 그리고 여행가방에서 선물들이 쏟아져 나오기 시작한다. 그녀가 직접 만든 여러 가지 쿠키들은 하나하나 가 마치 사랑의 시편들과도 같다. 내가 고맙다는 말을 하자, 그녀는 내게 자신만의 특별한 키스, 수줍고도 시적인 키스를 해준다. 즉 두 손가락으로 내 뺨을 가볍게 짚은 다음, 바로 자신의 그 두 손가락에 키스를 하는 것이다.

엄마, 나는 모든 것을 다 기억하고 있어요. 나는 가만히 그녀를 바라본다. 그래, 나는 누구보다도 그녀를 잘 알고 있다. 나는 그녀의 순진무구한 작은 비밀들을 알고 있다. 나는 그녀가 모든 선물을 다 꺼내 놓지 않았음을 너무도 잘 안다. 여행가방 속에는 감춰진 또 다른 선물들이 있고, 그것들이 앞으로 며칠 동안 하나둘씩 나오리라는 것을 나는 알고 있다. 그녀는 기쁨을 연장시키면서 선물을 매일 한 가지씩 주고 싶어 하는 것이다. 나는 아무것도 모르는 체한다. 그녀의 작은 기쁨들을 망치고 싶지 않기 때문이다. 그리고, 다음 날 아침. 그녀는 아침 식사가 담긴 쟁반을 들고 온다. 실내복 차림이다. 그 전날의 우아한 모습은 온데간데없다. 오늘 아침은 약간 될 대로 되라는 식의 옷차림인데, 그것은 그녀가 늙었기 때문이다. 그렇게 실내복 차림으로 슬리퍼를 신고 있는 모습이 내 겐 보기 좋다. 그것이 그녀를 편안하게 해주기 때문이다.

나에게 남은 유일한 가짜 행복이란, 수염도 깎지 않은 덥수룩한 모습으로, 라디오에서 들려오는 음악 소리도 외면한 채, 그녀에 대한 글을 쓰는 것인데, 나는 곁에 있는 고양이에게, 때때로 그녀와 이야기할 때 사용하던 코르푸 유대인들의 베네치아 사투리로 남몰래 말을 걸어 본다. 아무 반응이 없는 고양이는 내 어머니의 대용품, 사랑의 힘도 없는 가엾은 내 작은 어머니이다. 때때로 고양이와 둘이서만 있게 되면, 나는 몸을 기울여 고양이에게 **엄마**라고 불러 본다. 고양이는 이해할 수 없다는 눈길로 나를 바라본다. 나의 우스꽝스러운 애정은 아무 소용이 없게 되고, 나는 혼자 외로워진다.

그녀에게 화를 내면서 소동을 부렸던 그때를 나는 잊을 수 없다. "제발 용서해다오." 나의 천사는 울면서 말했다. 그녀는 감히 백작 부인에게 전화를 걸어 '죄송하지만 제 아들 알베르가 아직도 댁에 있는지' 여쭤 본 그 잘못 때문에 겁에 질려 있었다. 백작 부인, 그녀 때문에 나의 성모에게 내가 몹쓸 짓을 했던 그 백작 부인이란 여자는 형편없는 얼간이, 외교관인 남편의 직책과 훈장이 대단한 것이라고 생각하는 머저리, 포도주에 취한 앵무새처럼 한없이 지껄이는, 백치 같은 여자였을 뿐이다. "다시는 안 그러마." 나의 천사는 울면서 말했다. 그녀의 손에서 푸른 반점을 보았을 때 내 눈에는 눈물이 고였고, 나는 무릎을 꿇고 그녀의 손에 키스했고, 그녀는 내 손에 키스했으며, 영원히 아들과 어머니인 우리 둘은 서로를 바라보았다. 그녀는 나를 무릎 위로 끌어당겨 내 등을 토닥거려 주었다. 그러나 다음 날 저녁 성대한 파티에 가게 되었을 때, 나는 그녀를 동반하지 않았다.

그녀는 그런 일에서 제외되는 것에 화를 내지 않았다. 그녀는 항상 고립되기만 하는 자신의 운명, 항상 뒤에 남겨진 채 나의 지인들—얼간이 같은 친구들, 소위 좋은 가문 출신이라는 그 바보 같은 자식들—을 대면하지 못하는 처량한 운명을 조금도 부당하다고 생각하지 않았다. 그녀 자신이 '고상한 매너'라고 부르는 것에 대해 아무것도 아는 바가 없다는 것을, 스스로 잘 알고 있었다. 그녀는 말 잘 듣는 유순한 개처럼, 혼자 내 아파트에서 나를 기다리며 나를 위해 바느질을 하는 초라한 운명을, 자신은 접근도 할 수 없는 그 화려한 저녁 모임에서 내가 돌아오기만을 기다리는 운명을 받아들였다. 보잘것없는 여인으로서 그저 기다리는 것, 아들을 위해 바느질을 하면서, 아들이 돌아오기만을 그저 묵묵히 기다리는 것, 그녀는 그것으로 만족했다. 아들이 돌아오면 그 모습에 감탄하는 것, 야회복이나 모닝코트를 입은 건강한 아들의 모습을 바라보는 것, 그녀의 행복은 그것으로 충분했다. 아들한테서 파티에 참석했던 중요한 사람들의 이름을 듣는 것, 그것으로 그녀에게는 충분했다. 아들로부터 여러 가지 고급 요리 이야기를 자세히 듣는 것, 앞가슴이 깊이 팬 드레스의 귀부인들, 결코 그녀가 직접 만나볼 수 없는 그 상류사회 귀부인들의 차림새에 관한 이야기를 듣는 것, 그것만으로 그녀는 충분했다. 시샘이라는 게 조금도 없는 그녀에게는 그것만으로 충분했다. 그녀는 이 접근할 수 없는 천국을 멀리에서 음미했다. 사랑하는 **엄마**, 이제야 당신을 모든 사람들에게 소개하면서, 당신이 자랑스럽고, 근동 지방 여인인 당신의 억양이 자랑스럽고, 당신의 틀린 프랑스 말이 자랑스럽고, 고상한 매너를 모르는 당신의 무지가 그지없이 자랑스러워요. 그런 자부심을 갖기에는 너무 늦었지만.

11

어느 날 주네브의 대학 캠퍼스에서 나는 그녀와 오후 다섯 시에 만나기로 약속을 해놓고, 금발의 여자애에게 붙잡혀 있다가 여덟 시가 되어서야 약속 장소에 나타난 적이 있었다. 그녀는 내가 걸어오는 것을 보지 못했다. 나는 내심 수치심을 느끼면서, 벤치에 혼자 앉아 참을성 있게 나를 기다리고 있는 그녀를 바라보았는데, 저녁 해가 기울어 가는 쌀쌀한 기온 속에서 그녀의 낡은 외투는 꼭 끼었고 모자는 비뚤어져 있었다. 그렇게 거기서, 몇 시간 전부터, 온순하게, 조용히, 조금 졸기도 하면서, 더 늙어 보이는 얼굴로 나를 기다리는 그녀는 체념

하듯 외로움에 익숙해져서, 항상 늦는 나의 버릇에 길들여져서, 이 겸손한 기다림에 아무 불평도 하지 않은 채, 하녀처럼, 잘 속아 넘어가는 가엾은 성녀처럼, 그렇게 기다리고 있었다. 세 시간 동안 아들을 기다리는 것, 세상에 그것보다 더 자연스러운 일이 어디 있으며, 아들이라면 그렇게 기다리게 할 권리가 있지 않은가? 나는 지금 그 아들을 증오한다. 그녀는 마침내 나를 보았고, 그래서 갑자기 생기를 되찾았는데, 그 같은 변화는 전적으로 나 때문이었다. 펄쩍 뛰듯이 갑자기 활력이 솟고, 무기력 상태를 벗어나 갑자기 젊어진 듯 생기가 도는 그녀의 모습, 노예나 충직한 개가 졸음에 빠져 있다가 갑자기 깨어나는 듯하던 그녀의 모습이 아직도 눈에 선하다. 그녀는 모자를 바로하고 옷을 매만졌는데, 그것은 나에 대한 존중심을 나타내기 위해서였다. 늙어 가는 '엄마'는 자신만의 특별한 두 가지 몸짓을 했는데, 대체 어디서, 그리고 어린 시절 언제부터 그런 습관을 갖게 됐는지는 도무지 알 수 없는 일이었다. 멀리서 내가 걸어오는 모습이 보이면 그녀는 반드시 이 어색하고도 시적인 두 가지 몸짓을 하곤 했다. 죽은 자들의 끔찍함은 그들의 생시의 몸짓이 우리 기억 속에 지워지지 않고 남는다는 점이다. 그 몸짓

96

은 잔인할 정도로 생생하게 살아 있는데, 우리는 더 이상 그 의미를 이해하지 못한다.

내가 약속 장소에 도착하는 것을 볼 때마다 당신은 항상 이 두 가지 몸짓을 했어요. 우선 수줍은 기쁨으로 눈이 빛나면서, 당신은 엄숙함이 가득한 황홀한 표정을 지으며 집게손가락으로 괜스레 나를 가리켰는데, 그것은 당신이 나를 보았다는 사실을 알리기 위해서이지만, 사실은 당신 자신이 침착해지기 위해서였어요. 항상 그랬었기 때문에, 내가 너무나도 잘 알고 있는 이 터무니없는 손짓, 그 누구에게도 나를 가리키는 것이 아닌 이 손짓에, 나는 때때로 짜증 나기도 하고 부끄럽기도 한 웃음을 억지로 참곤 했어요. 그리고 나서 **엄마**, 당신은 벤치에서 일어나 내게로, 얼굴을 붉히고 부끄러워하면서, 이제 나의 눈에 띄어서, 내가 멀리서 그렇게 오랫동안 가만히 바라보고 있었다는 사실이 무안한 듯 어색한 웃음을 지으면서, 내게로 왔지요. 사교계에 처음 나온 아가씨처럼 서투르게, 아직 익숙지 못한 처녀처럼 황홀하고도 부끄러운 미소를 지으면서, 당신은 내게로 걸어왔고, 그러면서 당신의 눈은 내가 혹시라도 내심 못마땅하게 생각하지나 않을까 해서 내 눈치를 살피고 있었어요. 가엾은 **엄마**, 당신은 내가 맘에 들어 하지 않으면 어쩌나, 내가 만족할 만큼 서구적인 부인이 되지 못하면 어쩌나 하는 두려움으로, 몹시도 조마조마해 했어요. 그리고 나서 당신은 수줍은 두 번째 몸짓을 했어요. 그 동작을 나는 얼마나 잘 알고 있는지. 과거의 모든 것을 너무도 분명하게 보고 있는 내 두 눈에 그 동작은 얼마나 생생하게 살아 있는지. 당신은 내게로 걸어오면서 자그마한 손을 입가에 대고, 다른 손은 힘든 걸음걸이에 박자를 맞추느라고 흔들었어요. 그것은 우리 근동 지방 사람들의 몸짓이고, 부끄럼 많은 처녀들이 얼굴을 가리는 몸짓이었어요. 아니면 아마도 이 몸짓은, **엄마**, 당신의 입가에 있는 그 상처를 가리려고 그랬는지도 모르겠어요. 당신은, 당신의 나이에도 불구하고, 영원히 어린 약혼녀였기 때문이에요. 작은 보물과도 같은 당신의 두 가지 몸짓을 이렇게 설명하려고 하다니, 얼마나 우스운 일인가요. 오 살아 있는 내 어머니, 오 죽은 왕녀인 내 어머니. 당신의 두 가지 몸짓에 관한 내 이야기를 재미있어하는 사람은 세상에 단 한 사람도 없고, 인간이란 남의 일에는 전혀 아랑곳하지 않는다는 것을 나는 잘 알고 있어요.

이제 대학 캠퍼스의 벤치에서 당신이 나를 기다리는 일은 결코 없을 거예요. 당신은 나를 버렸고, 나를 기다리지 않았고, 그 벤치를 떠나 버렸고, 아들이 오기를 기다리려는 마음도 여기에 이제는 존재하지 않아요. 그때는 아들이 당신을 너무 오랫동안 기다리게 했어요. 그는 약속 시간에 너무 늦게 왔고, 그래서 당신은 가버렸어요. 당신이 나에게 심술을 부린 건 그것이 처음이었죠. 지금 나는 혼자이고, 이제는 내 차례가 되어, 인생의 가을이라는 벤치에 앉아, 황혼에 신음하는 차가운 바람이 낙엽들을 쓸며 음산한 회오리를 일으킬 때, 거기, 옛 방들의 곰팡냄새가 섞여 있음을 알고 있어요. 이제는 내 차례가 되어, 오지 않을 어머니, 약속 장소에 나타나지 않을 내 어머니, 다시는 오지 않을 내 어머니를 기다리고 있어요. 지금 내 앞을 지나가는 사람들은 아무 짝에도 쓸모없는, 헛되이 살아 있는, 불쾌하게도 살아 있는 인간들. 나는 그들에게 언짢은 눈길을 던지고, 늙은 여자를 볼 때에는 아름다웠던 내 어머니를 생각하고, 속으로 그 불쾌한 늙은 여자를 향해서 "흥, 끔찍하게도 멋있군"이라고 말하지요. 그것은 딱하기만 한 복수심. 나는 이렇게 불행한데, **엄마**, 당신은 오지 않아요. **엄마**, 나는 이렇게 당신을 부르는데, 당신은 대답하지 않아요.

이것이 이렇게나 끔찍한 이유는, 내가 부르면 그녀는 항상 대답했고 그렇게나 재빠르게 달려왔기 때문이다. 이제는 모든 것이 끝나고 그녀의 끝없는 침묵뿐. 죽은 자들의 완강한 침묵, 고집스러운 귀먹음, 끔찍한 무감각. 내 사랑하는 사자死者여, 적어도, 당신은 행복한가, 마침내 이 사악한 생자生者들을 벗어난 것이 행복한가?

12

어머니는 대학 캠퍼스에서 세 시간 동안이나 나를 기다렸다. 그것은 내가 그녀와 함께 지낼 수도 있었던 세 시간이었다. 그녀가 참을성 있게 나를 기다리고 있는 동안, 어리석게도 여자에게 홀린 나는 용연향 냄새가 감도는 아름다운 처녀와 만나고 있었고, 그것은 껍질을 위해 알곡을 버린 셈이었다. 내 어머니의 인생에서 세 시간을 내가 헛되이 낭비해 버린 것이다. 도대체 누구를 위해서? 발걸음 경쾌한 어떤 아탈란테*를 위해, 기분 좋은 육

---

* 그리스 신화에 나오는 민첩하고 날씬한 여자 사냥꾼.

체적 화합을 위해. 나는 그런 미녀 때문에 가장 신성한 선함을, 내 어머니의 사랑을 외면했다. 그 무엇과도 비길 수 없는 내 어머니의 사랑을.

　게다가 이 시적인 아가씨는, 만일 내가 갑작스러운 병에 걸려 기운이 없어지거나 이빨이 모두 빠져 버렸더라면, 하녀에게 나를 가리키며 이 이빨 빠진 쓰레기를 치우라고 말했을 것이다. 아니면 보다 고상하게, 이 음악적인 아가씨는, 갑자기, 순수하게, 어떤 정신적인 계시를 받기라도 한 듯, 더 이상 나를 사랑하지 않는다는 사실을 깨닫고는 진실한 삶이 아닌 것, 즉, 더 이상 사랑하지 않는 남자를 계속 만난다는 것은 순수하지 못하다는 것을 느꼈을 것이다. 그녀의 영혼은 쏜살같이 어디론가 사라졌을 것이다. 이 고상한 여자들은 강하고 정력적이고 확신에 찬 남자들, 말하자면 고릴라들을 사랑한다. 하지만, 우리 어머니들은 우리가 이빨이 빠졌건 그렇지 않건, 건강하건 허약하건, 젊거나 늙거나 간에 우리를 사랑한다. 우리가 몸이 약할수록 그녀들은 우리를 더욱더 사랑한다. 그 무엇과도 비길 수 없는 우리 어머니들의 사랑.

말이 나온 김에 한마디 덧붙여 볼까. 만일 가엾은 로미오가 갑작스러운 사고를 당해 얼굴에서 코가 잘려 나갔다면, 그것을 본 줄리엣은 기겁을 하고 도망쳤을 것이다. 그 30그램의 살덩이가 부족하게 되면, 줄리엣의 영혼은 고상한 감정을 느끼지 못한다. 그렇게 되면 "아직 날이 밝지 않았어요, 저건 종달새 노랫소리가 아니에요"라는 달빛 속의 고상한 속삭임도 끝장나는 것이다. 햄릿의 뇌하수체에 문제가 생겨서 체중이 30킬로그램 줄었다면, 오필리아는 영혼을 바쳐 그를 사랑하지는 않을 것이다. 오필리아의 영혼이 신성한 감정에 이르려면 적어도 60킬로그램의 고깃덩어리가 필요하다. 만일 로르가 갑자기 두 다리를 잃고 앉은뱅이가 되었다면, 페트라르카는 그녀에게 신비감이 덜한 시들을 바쳤을 것이다. 그렇다고 하더라도 가엾은 로르의 눈길은 변함없을 것이고 그녀의 영혼도 마찬가지였을 것이다. 단지 이 페트라르카 씨의 영혼이 로르의 영혼을 연모하기 위해서는 여인의 예쁜 넓적다리가 필요한 것이다. 한심한 육식동물인 우리 인간들, 영혼에 관한 농담에서도 살덩이를 빼놓을 수가 없다. 친구여, 다 이해했으니까, 이제 그만두는 게 좋을 듯하다.

그 무엇과도 비길 수 없는 그 누구의 사랑과도 다른 내 어머니의 사랑. 그녀는 아들의 일에 있어서는 전혀 판단력이 없었다. 그녀는 내가 하는 일은 무엇이든지 받아들였고, 사랑하는 아들을 신격화시키는 신성한 능력을 갖고 있었지만, 그 형편없는 아들은 신성한 구석이라고는 조금도 없었다. 내가 어느 날 저녁 함께 극장에 가자고 말하면, 그녀는 곧 정말 멋진 생각이라고 하면서 "정말이지, 살아 있는 동안에 기분전환도 하고 인생을 즐겨야 하는 법이거든. 너무 분별만 따지는 것도 바보 같은 짓이고, 늙은이들처럼 집 안에만 틀어박혀 있을 필요가 어디 있겠니. 애야, 난 준비가 다 됐고, 이제 모자만 쓰면 된단다." (항상 모자를 쓰기만 하면 외출 준비가 완료되는 그녀는, 내가 요정 같은 금발머리 아가씨 때문에 기분이 우울해져서 자정에 그녀를 깨워 함께 외출하자고 말했던 밤에도, 역시 그랬다.) 내가 짓궂게도 마음을 바꾸어서 —그것은 그녀가 다음에 뭐라고 말할지 미리 알고 있기 때문이지만— 이것저것 생각해 보니 아무래도 그냥 집에 있는 것이 좋겠다고 하면, 그녀는 즉시 내 말에 찬성했는데, 내 비위를 맞추기 위해서가 아니라, 나의 모든 결정이 놀랄 만큼 옳은 것이기 때문에 정말 진정한 마음으로, 폭발적인 진정성으로 동의하는 것이었다. 그녀는 방금 전에 했던 말과는 모순된다는 것도 깨닫지 못한 채 내 의견에 동의하면서 "그렇고말고, 따뜻한 집안에 조용히 앉아서 함께 이런저런 이야기나 하는 것이 훨씬 기분 좋은 일이지. 극장에 가서 한심한 영화를 본다고 해봤자, 거기 나오는 여자는 아플 때도 항상 멋진 머리 모양을 하고 있더구나. 게다가 오늘 밤은 날씨도 나쁘고 해서 늦게 집에 돌아오면 피곤할 테고, 밤에 길거리에 돌아다니는 사탄의 자식 같은 도둑들이 핸드백을 빼앗아 갈지도 모르지." 이처럼 극장에 관해서 내가 짓궂게도 네 번이나 의견을 바꾸면, 그녀는 진심으로, 동일한 확신을 갖고, 자신의 생각을 부인해 가면서, 네 번 모두 의견을 다시 바꾸었다. 내가 최종적으로 극장에 가지 않는 게 좋겠다고 말하면 그녀는 "침대에 누워라. 네가 잠들 때까지 곁에 앉아 있을 테니. 그리고 네가 듣고 싶다면 디아망틴이 파혼하게 된 이야기를 해주마. 비누장수 딸 디아망틴은 너도 알다시피 이빨이 하나밖에 없고, 목이 하도 짧아서 없는 것처럼 보였지. 결국은 생쥐 한 마리 때문에 그 끔찍한 소동이 일어났던 거란다. **엄마**가 이야기할 때 잘 들어 둬라. 애야, 그 옛날에 말이다, 정말 오래전 이야기인데, 가엾은 디아망틴은 이제 죽었고 천국에서 편히 지내겠지만, 우리는 아직 이 세상에서 더 편하고…… 그런데 얘야……" 그녀는 그렇게 말하곤 했다. 그리고 나는, 기쁜 마음으로, 행복감에 젖어서, 만족한 기분으로, 몸까지도 매혹되어서, 그녀의 이야기를 들었다. 왜냐하면 나는 내 어머니의 그 끝없는 이야기를 좋아했기 때문인데, 그것은 계보학적인 여러 사건으로 복잡해지기도 하고, 그러다가 느닷없이 가방에서 꺼낸 과자를 먹느라고 잠시 지체되기도 했고, 그녀는 또한 최근에 아버지에게서 편지를 받지 못한 게 걱정이 되어 이야기를 중단하기도 했다. 그러나 내가 열심히 격려하면 유순한 내 어머니는 그 말에 힘을 얻어서, 내가 태어났던 게토*에 관한 고통스럽거나 우스꽝스러운 이야기를 끝없이 해주었다. 나는 결코 그 이야기들을 잊을 수 없을 것이다. 때때로 나는 이 게토로 되돌아가서, 수염난 여자와도 흡사한 랍비들에 둘러싸여 살면서, 이 정답고 정열적이고 궤변적이며, 흑인들의 분위기를 풍기기도 하는, 정신 나간 듯한 이 게토의 생활을 겪어 보고 싶은 충동을

---

* 유대인 거주 지역

106

억누를 길 없다.

내 어머니의 사랑. 정답게 주인을 따르고 주인과 함께 있는 것이 기쁘기 그지없는 개처럼, 그녀는 그렇게 나와 함께 있었다. 그 얼굴의 천진한 열정은 나를 감동시켰고, 그 사랑스러운 연약함과 그 눈동자 속의 선함도 마찬가지였다. 정치가들의 덧없는 계획은? 그것은 내가 알 바 아니고, 그들 스스로 그럭저럭 해결해 나갈 것이다. 천 년 후에 사라질 그들의 나라는? 내 어머니의 사랑만이 영원하다.

내 어머니의 사랑. 그녀는 항상 내 변덕에 동의했다. 자동판매기에서 샌드위치를 사 먹는 식당에 같이 가자고 하면, 그녀는 곧 동의했는데, 왜냐하면 절약을 해야 하고, '머리를 써서 번 돈을, 낭비하지 않는 것'이 현명한 일이기 때문이다. 그녀는 가장 비싼 음식점에 가는 일에도 찬성했는데, 왜냐하면 인생이란 짧기 때문이다. 무슨 이상하고 알 수 없는 이유로 나는 가장 사랑하는 내 어머니를 때때로 멀리하고, 그녀의 키스와 눈길을 피했으며, 가혹할 정도로 움츠러들었던가? 이제는 늦었다. 이제는 주네브 역의 기차에서 내리는 그녀의 모습을, 아무도 모르게 모아 두었던 20프랑짜리 금화들을 나에게 바치기 위해 행복으로 빛나는 미소를 지으며 걸어오는 그 모습을, 이제 다시는 보지 못할 것이다. 언젠가 주네브에 왔을 때, 그녀는 까치밥나무 열매로 엄청난 양의 젤리를 만들어 주었는데, 백 개도 넘는 이 젤리 항아리들은 물론 그녀가 떠난 후에도 달콤한 것이 모자라지 않도록 하기 위한 것이었다. 그녀가 나의 아파트에 머무르는 동안 원했던 것은 나를 위해 많은 음식을 만들어 놓는 것, 그런 다음에는 세련되지 못한 여왕처럼 나들이옷을 차려입고 코르셋으로 가슴을 꽉 조인 다음, 선수船首를 화려하게 장식한 순양함보다 더 위엄 있고 느리게 '그녀의 아들'을 동반하고, 느릿느릿한 걸음으로 점잖게 오후 외출을 나가는 것뿐이었다.

내 어머니의 사랑. 이제 다시는, 한밤중에 그녀의 침실문을 두드리며 잠이 오지 않으니 함께 있어 달라고 말할 수도 없다. 지독히도 철이 없던 나는 새벽 두 시나 세 시에 그녀의 방문을 두드렸고, 깜짝 놀라며 잠을 깬 그녀는, 자고 있었던 게 아니라고, 내가 잠을 깨운 게 아니라고 말했다. 그녀는 즉시 자리에서 일어나 잠옷 차림으

로, 졸음 때문에 비틀거리면서도, 정성을 다한 레드풀*이
나 심지어 아몬드 파이까지 만들어 주려고 했다. 아들
을 위해 새벽 세 시에 아몬드 파이를 만드는 것보다 그
녀에게 더 자연스러운 일이 세상에 어디 있겠는가? 때
로는 아주 뜨거운 밀크커피를 만들었고, 우리는 그것을
조용히 함께 마시면서 끝없이 이야기를 나누었다. 새벽
세 시에 내 침대 발치에 앉아 나와 함께 커피를 마시면
서, 동이 틀 때까지 그 옛날 친척들 간의 다툼 이야기를
하는 것―이 문제에 관한한 그녀는 전문가였으며, 굉장
한 관심을 갖고 있었는데―은 그녀에게는 하나도 이상
할 것이 없는 일이었다.

내가 잠들 때까지 내 곁에 있어 줄 어머니는 이제 없
다. 잠자리에 누울 때 나는 때때로, 내 곁에 있어 줄 빈
의자 하나를 침대 옆에 놓아둔다. 어머니가 없으므로 이
렇게 의자만으로 만족해야 한다. 사랑의 억만장자였던
내가 이렇게 구걸하는 신세가 된 것이다. 잠이 안 오는
밤에는, 친구여, 혼자서 해결하고, 결코 다른 사람의 방

---

* 계란 노른자를 우유에 섞어 뜨거운 설탕에 탄 음료.

문을 두드리지 말게. 자네가 얼마 전부터 좋아했던 그 갈색 머리칼의 여자와 재혼하게 되거든, 새벽 세 시에 그녀의 방문을 두드리지 말게. 그녀가 반갑게 맞아 주리라고 생각했겠지. 천만에, 그녀는 "저의 잠을 존중해 주었으면 좋겠어요"라고 말하면서 냉정한 눈초리로 턱을 꼿꼿하게 쳐들 테니까. 그 무엇과도 비길 수 없는 내 어머니의 사랑. 그렇다. 나는 같은 말을 되풀이하고, 같은 생각을 되새기면서, 수없이 반복하고 있음을 알고 있다. 아래턱을 한없이 무기력하게 움직이면서 반추하는 고통이란 그런 것이다. 땅에 묻힌 선한 내 어머니를 쓸쓸히 추억함으로서, 그처럼 나는 삶에 복수를 한다.

내 어머니의 사랑, 이제는 없다. 그녀는 마지막 요람 속에, 은혜롭고 포근한 자선의 요람 속에 누워 있다. 내가 쓸데없는 걱정을 할 때 꾸짖어 줄 그녀는 이제 없다. 나를 키워 주고, 매일같이 나에게 생명을 주고, 매일같이 나를 이 세상에 태어나게 할 그녀는 이제 없다. 내가 면도하거나 식사할 때 내 곁에서 나를 바라보는 그녀, 그저 조용히 바라보는 것 같지만 마치 보초병처럼 열심히 지켜보면서 자신이 만들어 준 호두과자를 내가 정말 좋아하는지 알아내고 싶어 하던 그녀는, 이제 세상에 없다. 이제 그녀는 내가 식사할 때 천천히 먹으라고 말하지도 않을 것이다. 그녀가 나를 마치 어린아이 다루듯 했던 것이 얼마나 좋았던가.

심장병이 있는 늙은 부인이 소파에 기댄 채 갑자기 졸음에 빠지는 일도 이제는 볼 수 없다. 자고 있느냐고 내가 물으면 그녀는 항상, 놀라 깨어나서, 잠깐 눈을 좀 감고 있었을 뿐이라고 말했다. 그녀는 곧 일어나서 내 시중을 들어 주고 좀 더 일찍 식사를 하라고 말하고, 또 그밖에 온갖 것들, 그녀의 모든 선함을 내게 주는 것이었다. 오, 내 잃어버린 젊은 시절인 **엄마**. 강기슭 저쪽에서 들려오는 내 젊은 시절의 탄식하는 부름이여.

그녀는 나에 대한 사랑 때문에 동물에 대한 두려움을 극복했고, 나의 귀여운 암고양이를 좋아하게 되었다. 물론 고양이의 행동 양식을 이해하지는 못했지만 조심스럽게나마 쓰다듬어 보게 되었고, 그 녀석의 발톱은 항상 모세의 십계명을 위반할 준비가 되어 있었지만, 아들이 그렇게나 귀여워했기 때문에, 무언가 분명히 매력이 있다고 생각한 것이다. 그래도 그녀는 물론 일정한 거리를 두고 쓰다듬었으며, 항상 손을 떼서 피할 준비는 했다. 그녀의 모든 사랑의 순간들이 눈에 보이는 듯 선하다. 기차역에서 나를 보았을 때 수줍은 듯 환하게 빛나던 그미소, 책으로 출판된 내 작품의 몇 쪽을 읽어 주면 철자법을 그렇게 많이 틀려 가면서도 열심히 받아적던 그 작은 손. 그러나 그녀는 그 글의 의미를 전혀 이해하지 못했다. 두고두고 생각나는 이 잊을 수 없는 기억들, 그러나 그것이 나의 가장 귀중한 재산은 아니다.

내 어머니의 사랑. 내 곁에 다시는 이처럼 완벽하게 선한 인간을 가져 보지 못하리라. 그런데 사람들은 왜 그다지도 심술궂은가? 이 세상에서 나는 참으로 놀라움을 금치 못한다. 그들은 왜 그다지도 쉽게 증오심을 품고, 성마른가? 그들은 왜 그다지도 쉽게 복수심에 빠지고, 다른 사람들을 욕하는가? 그들 자신도 머지않아 죽게 될, 가엾은 인간들인데. 이 지상에 태어나 웃고 움직이다가, 어느 날 갑자기 다시는 움직이지 못하게 되는 끔찍한 인간사도 그들을 선하게 만들지 못하다니, 믿을 수 있는 일인가? 당신이 그들에게 부드러운 목소리로 말하면, 그들은 왜 날카로운 앵무새의 음성으로 혐상궂게 대꾸하고,

당신을 하찮은 인간, 다시 말해서 아무런 해도 끼칠 수 없는 인간이라고 생각하는가? 그래서 마음이 부드러운 사람들은, 그들에게 시달림을 당하지 않으려면 ─혹은 더 비극적인 것은─ 그들의 호감을 사기 위해서는, 냉혹하고 신랄한 척해야만 하는 것이다. 조용히 잠자리로 가서 비참하게 잠이 든다면? 벼룩도 잠든 개는 물지 않는다. 좋다, 모두 잠들어 버리자, 잠은 조그만 불편도 없이, 죽음의 이점을 갖고 있으므로. 우리 모두 편하고 기분 좋은 관 속에 누워 버리자. 이가 빠진 사람이 틀니를 꺼내 침대 곁의 물잔에 담그듯, 나 또한 머리에서 뇌수를 꺼내고, 너무도 성실하게 고동치는 심장을 꺼내서, 가련한 두 억만장자를 시원한 용액 속에 담궈 두고, 다시는 되돌아갈 수 없는 옛적의 어린아이처럼 잠들고 싶다. 그러면 세상은 얼마나 사람들 숫자가 줄어들게 되고, 갑자기 고요해질 것인가.

주네브에 있을 때, 그녀는 항상 창가에서 나를 기다렸다. 그 누구도 그녀처럼 오랜 시간을 창가에서 나를 기다리지 않을 것이다. 창문에 기대어 나를 기다리는 그녀의 얼굴이 지금도 눈에 선한데, 온통 내 생각으로 가득

사서 걱정스레 주의를 기울이고 있는 약간 살이 찐 얼굴, 지나친 기다림으로 약간은 속돼 보이는 얼굴, 눈길을 온통 길모퉁이에 고정시키고 있는 얼굴이었다. 나는 항상 그녀를 창가의 여인으로 기억한다. 내가 일을 끝내고 집으로 돌아올 때 항상 창문에 기대어 내가 나타나기를 기다리던 모습. 고개를 들어 그 기다림 가득한 얼굴을, 나를 기다리는 사념을 바라보는 것은 얼마나 즐거운 일이었으며, 그 아들인 나의 마음은 얼마나 큰 안도감을 느꼈던가. 지금도 귀가할 때마다 고개를 들어 창문을 바라보는 이 오랜 습관을 나는 버리지 못하고 있다. 그러나 지금 창가에는 아무도 없다. 그 누가 나를 기다리려고 창가에 서 있겠는가?

내가 외출할 때에 그녀가 창가에 서 있었던 것은 단 일 분이라도 더 나와 함께 있고 싶기 때문이고, 자신의 아들이며 이 지상에서 자신의 운명이며 사랑하는 아들인 그 모습이 저쪽으로 사라지는 것을 보기 위해서인데, 그 눈길 속에 깃든 기이하고 가슴 에이는 연민은 우리 자신이 사랑하는 자들—우리는 그들의 남모르는 결핍을 알고 있다—에 대해서 느끼는 감정이고, 내가 이 찌르는 듯한 연민을 느끼는 것은 창가에 서서 길거리의 그들을 볼 때인데, 그 외롭고 버려진 듯한 어찌할 바 모르는 모습은, 내가 보고 있다는 사실도 알지 못하는, 걸어가는 끔찍한 재난과도 같다. 내 사랑하는 자들은 내 딸과 마리안,* 혹은 그 밖의 몇 사람에 국한되는 것이 아니라 길거리의 모든 사람들, 모든 측은한 실패자들이고, 내가 멀리서만 그들을 사랑하는 이유는 가까이 다가가 보면 항상 꽃 냄새가 나는 것은 아니기 때문이다. 그렇다, 고개를 들어 창가의 어머니를 바라보면 마음 든든하고 보호받는 느낌이 들었지만, 나는 그럼에도 불구하고 나의 행복을 충분히 이해하지 못했다. 나는 지금도 외출할 때는 고개를 들어 창문을 바라보지만, 길 잃은 듯 얼빠진 느낌뿐이다. 창가에는 이제 아무도 없다.

 오직 한 사람뿐인 나의 유일한 간호사, 그녀는 이제 결코 나를 간호해 주지 못할 것이다. 내 병이 20년 동안 계속되고 내가 가장 참기 어려운 환자라고 하더라도, 절대로 짜증 내지 않을 유일한 사람. 오직 그녀만이, 의무감

---

* 알베르 코엔의 두 번째 아내 마리안 고스는 그와 1931년부터 17년 동안 함께 살았고, 1947년 이혼했다.

이나 사랑 때문이 아니라 자신의 필요성 때문에, 나를 간호했을 것이다. 왜냐하면 내가 환자가 된다면 그 20년 동안 그녀에게 유일하게 관심 있는 일은 나를 간호하는 것이었을 테니까. 그녀는 그런 여자였다. 다른 여자들은 모두가 소중하고 작은 독립적인 '자기'라는 관념을 갖고 있어서, 그것은 그들의 삶, 개인적인 행복에의 갈망, 그들의 달콤한 잠이기 때문에, 그것을 건드리려는 자들을 경계하면서 소중하게 보호한다. 내 어머니에게는 이 '자기'가 없었고, 그 대신 아들이 있었다. 내가 그녀를 필요로 하면, 잠을 자지 못하거나 피곤한 것은 전혀 개의치 않았다. 결코 지치지 않을 이 같은 애정으로 사랑할 만한 그 무엇이 내게 남아 있단 말인가? 만년필 한 자루, 라이터 하나, 고양이 한 마리뿐.

오 당신, 유일한 사람, 어머니, 내 어머니 그리고 모든 사람들의 어머니, 우리의 어머니, 당신만이 우리의 믿음과 우리의 사랑을 받을 수 있습니다. 그 밖의 모든 사람들, 아내들, 형제들, 누이들, 아이들, 친구들, 그 밖의 사람들은 하찮은 존재들, 바람에 휩쓸려가는 나뭇잎일 따름입니다.

세상에는 천재 화가들이 있지만 나는 그들에 대해 아무것도 아는 바가 없고 알려고도 하지 않으며, 아무 흥미도 없고, 그림을 보는 안목도 없고, 안목을 가지려고 노력하지도 않는다. 세상에는 문학의 천재들이 있다는 사실을 나는 알고 있고, 노아이유 백작 부인*은 그중의 하나가 아니며, 내가 알고 있는 이런저런 사람도 결코 문학의 천재는 아니다. 그러나 내가 분명히 알고 있는 것은 내 어머니가 사랑의 천재라는 사실이다. 이 책을 읽고 있는 당신의 어머니가 사랑의 천재이듯이. 그리고 지금 나는 모든 것을 기억한다. 병에 걸린 내 곁에서 그녀가 어떻게 온밤을 꼬박 지새웠던가를, 가슴 뭉클한 그녀의 정성스러움을, 그리고 주저하기는 했지만 사랑하는 사람의 애틋한 마음으로 내게 돈을 마련해 주기 위해 두말없이 팔아 버렸던 그 아름다운 반지를. 그녀는 지각없는 스무 살 아들의 말에 그렇게도 쉽사리 넘어가곤 했다. 내가 대학생이었을 때 내게 주려고 아무도 몰래 모아 놓은 돈, 그리고 낭비가 심한 아들에게 행여 아버지가 화를 내지

---

* 안나 드 노아이유(1876~1933)는 생존 당시에는 뛰어난 서정시인으로 꼽혔으나, 코엔이 이 책을 쓸 무렵에는 아무도 그녀를 천재로 평가하지 않았다.

않도록 그녀가 궁리한 갖가지 계략들. 약삭빠른 양복점 주인이 감언이설로 그녀를 속이려고, 열세 살짜리 아들에게 '준수한 용모'라고 말하면 순진하게도 그 말을 믿고 자랑스러워하던 그녀. 이 끔찍한 말을 그녀는 얼마나 음미했던가! 다른 여자들이 자신의 신동을 바라볼 때면 그 사악한 눈길을 차단하기 위해 그녀는 은밀하게 집게 손가락 위에 가운데 손가락을 포갰다.* 주네브에 머무는 동안 그녀의 가방에는 항상 여러 가지 과자가 가득 들어 있었는데, 그녀가 '목구멍 위문품'이라고 불렀던 이 과자들은 내가 갑자기 먹고 싶어 할 때를 생각해서 몰래 미리 준비해 둔 것이었다. 그리고 그녀는 어느 날 불쑥 친구의 손을 잡듯이 그것을 내 손에 쥐어 주곤 했다. 그럴 때면 그녀는 "내 귀여운 캥거루야"라고 말했다. 그 모든 것이 이다지도 생생한데, 벌써 몇천 시간 전의 일이다.

그 무엇과도 비길 수 없는 내 어머니의 사랑. 내 딸은 나를 사랑한다. 그러나 내가 혼자 이렇게 글을 쓰고 있는 동안, 그 애는 예술이나 아름다움 따위에만 정신이

---

* 액막이 하는 동작

118

팔린 멍청한 녀석(예술을 애술이라고 혀 짧은 소리로 발음하는 얼간이)과 점심을 먹고 있는 중일 것이다. 내 딸은 나를 사랑하지만, 그 애에게는 자신의 인생이 있으므로 나를 혼자 내버려 둘 수밖에 없다. 내 어머니는 나의 겨우살이*였다. 그녀에게는 내 곁에 앉아서 바느질하는 것만큼 중요한 일은 없었다. 침을 조금 삼키면서 그녀는 바느질을 했고, 그러다가 우리는 서로를 바라보았고, 나는 편안한 내 자리의 안정감을, 아들임을 느꼈다. 그러다가 사령관의 지휘본부인 그녀의 정다운 부엌으로 가서 자질구레하지만 신성한 여러 가지 일들을 하고, 괜히 완자를 다독거리고, 가장자리가 톱니처럼 들쭉날쭉한 보기 흉한 종이들을 선반 위에 얹어 놓기도 했다. 그랬다가는 나를 불러 그 종이를 보여 주면서 내가 맘에 들어 하는지를 살폈다. 숭고한 사랑이란 이렇게나 시시하고 하찮은 일들로 이루어져 있다.

어떤 사람은 정열이 필요하고, 날씬한 허벅지를 가진 젊은 사냥꾼 같은 여인이나 관능적인 영화배우 같은 여

* 참나무 따위에 붙어 사는 기생식물의 일종.

인을 원하지만, 그런 여자들이 손수건에 코를 푼다고 해도 거기에서 진주가 생겨나는 것은 아니다. 그것은 그자의 일이고, 아마도 그래서 행복할지도 모르겠다. 나에게 소중한 것은 내 어머니, 무엇보다도 늙은 내 **엄마**, 머리가 하얗게 세고, 내가 이미 알고 있고 외우고 있는 것들을 열심히 되풀이하며 이야기하는 그 **엄마**이다. 내가 원하는 것은 늙은 내 어머니, 생애의 마지막 몇 년간 의치를 끼고 지냈던, 그 의치를 흐르는 수돗물로 씻던, 내 어머니이다. 의치를 끼지 않을 때 그녀의 순진한 얼굴은 그렇게나 무력해 보이고, 잇몸밖에 없는 갓난아기처럼 어찌할 수가 없어서, 의치 없이 아기처럼 귀여운 모습으로 말하면 발음이 서툴 수밖에 없었지만, 이빨 없는 입을 **엄마**다운 애교로 가리면서 웃음을 참곤 했다. 그녀와 함께 있으면 나는 외롭지 않았다. 이제는 그 누구와 함께 있어도, 모든 사람과 함께 있어도 나는 외롭다.

가장 사랑하는 사람들, 딸 그리고 사랑스러운 여인들과 함께 있어도 나는 얼마간은 위선적인 태도를 취해야 하고 얼마간은 속여야 한다. 내 어머니와 함께 있을 때는 있는 모습 그대로, 나의 불안과 결점, 나의 육체와 영혼의 한심함을 있는 그대로 드러내도 상관없었다. 그래도 그녀는 여전히 나를 사랑했다. 그 무엇과도 비길 수 없는 내 어머니의 사랑.

그녀와 함께 있기만 한다면, 나는 온 세상 사람들과 떨어져서 살 수도 있었다. 그녀는 나를 판단하지도, 비판하지도 않았다. 그녀는, 다른 사람들처럼, 내가 이제는 책을 쓰지 못할 것이라거나, 혹은 늙어 간다고 생각하지 않았다. "내 아들"이라고, 그녀는 마음속 가득한 믿음으로 말했을 뿐이다. 그래서, 나는 당신에게서 받은 선함을 눈 속에 담고, 공간과 침묵을 넘어, 이 동일한 믿음의 증거를 당신에게 건네며 조용히 말한다.—**엄마**라고.

13

마르세유로 떠나는 저녁, 주네브 역에서의 그녀의 눈물. 기관차는 차바퀴에서 쇳소리와 수증기를 뿜어대며 미친 듯이 경련하고 있었다. 객차 입구에서 그녀는 사랑 가득한 눈길로 나를 바라보면서, 멋지게 보이려는 옷차림 따위는 안중에도 없이, 넋나간 듯 괴로운 얼굴을 하고 있었다. 이제 일 년간은 나와 헤어져 있어야 한다는 것, 어찌할 수 없는 심연과도 같은 거리가 내 생활을 자신의 누추한 생활과 갈라 놓는다는 것을 그녀는 알고 있었다. 그 심연과도 같은 거리를 이제서야 나는 얼마나 증오하는가. 오, 객차 입구에서 나를 위한 그녀의 눈물 젖은 기도, 뚫어지게 바라보던 그 눈길, 갑자기 그렇게 늙어 보이던 초췌한 얼굴, 헝클어진 머리칼, 우스꽝스럽게 비뚤어진 모자. 오, 나를 위한 그녀의 축복, 어찌할 바 모르는, 낭패스럽고, 참담하고, 완전히 기가 꺾인, 거지 여인 같은, 무언가에 중독된 듯한 모호한 모습, 불행 때문에 미쳐 버린 듯한, 불행 때문에 얼이 빠진 듯한 얼굴. 우리가 함께 지냈던 그 마술 같은 시간들, 가엾은 그녀의 축제는 이제 끝난 것이다. 객차 입구에 서서 불행의 공포에 질려 있는 그녀, 움직이기 시작한 기차는 그녀를 고독한 생활로 다시 데려가려고, 그렇게 유죄 선고를 받은 듯 무기력한 그녀를 아들로부터 떼어 놓으려고 덜컹거리는데, 그녀는 울면서 나를 축복했고, 고맙다고 중얼거렸다. 이상스럽게도, 나는 그 눈물을 그리 심각하게 받아들이지 않았다. 지금에야 비로소 내 어머니가 한 인간이었음을 깨닫는 것은 참으로 이상스러운 일이다. 아마도 바로 그날 밤 내가 애인을 만나러 갈 예정이었기 때문에 그랬을까?

한 아들이 내게 말을 했는데, 지금 이야기하고 있는 것은 바로 그 아들이다. 눈자위가 거무스레 무리진 그는,

나도 어머니를 잃었어, 라고 말한다. 나 또한 이미니와 떨어져 살았고, 그녀는 일 년에 몇 주 동안을 나와 함께 지내러 왔는데, 그 몇 주는 가엾은 그녀의 생활에서 꿈과 같은 시간이었지. 이 아들은, 나 또한 그녀가 떠나던 저녁에, 그 누구와도 비교할 수 없는 그녀 생각에 밤새도록 울지는 않았고, 슬프기는 했지만 곧 가벼운 마음으로, 다른 여자들과 비교해 볼 수 있는 한 여자를 만나러, 내 인생의 매혹적인 마녀 중의 하나인 디안이라는 이름의, 디안이라고 불리우는 사랑의 수녀修女를 만나러 갔었지, 라고 말했다. 내가 디안을 찾아가면서 머릿속에서 떨쳐 버린 내 어머니는 고통으로 넋이 나간 채, 아들로부터 멀어져 가는 기차에서 아들만을 생각하면서 머리를 끄덕이고 있는데, 바로 그 순간에 아들은 기차에 혼자 조그만 몸을 웅크리고 앉아 있는 어머니 따위는 잊어버리고, 디안을 찾아가는 택시 안에서 사랑에 도취된 웃음을 터뜨리고 있었어. 오, 애인의 이름을 중얼거리는 그 사악한 쾌락. 내가 자동차 엔진 소리가 시끄러운 틈을 이용해서, 운전자의 잔소리는 아랑곳없이, 큰 소리로 사랑의 노래를 부른 것은 곧 입이 벌어질 만큼 후한 팁을 줄 예정이기 때문이었고, 마침내 고대하던 디안을 만나게 된다는 행복감 때문이었어.

    끔찍이도 가증스러운 그 아들은 이렇게 말했다— 내 어머니가 기차에서 코를 풀면서 울고 있는 동안, 나는 만족스러운 표정으로 택시 유리창에 비친 젊은 내 얼굴을, 몇 분 후 디안이 미칠 듯이 키스하게 될 내 입술을 바라보면서, 조급함을 참지 못해, 역겹고 어리석은 정열의 노래를 불렀다고. 디안이라는 사랑스러운 금발의 악녀, 날씬하고 뜨겁고 너무나도 지성적인 디안의 이름을 부르고 있었다고, 그녀를 향해 질주하는 택시 안에서 말끔하게 면도하고 말쑥하게 정장을 한 자신은 욕망으로 온몸이 팽팽해져 있었다고. 곧 빌라가 나타났고, 장미꽃 우거진 문 앞에서 그녀가 나를 기다리고 있는 집, 가장 아름답고 가장 빛나는 처녀인 나의 고아가 살고 있는 집, 거기, 그 날씬하고 새하얀 린넨 드레스 속에서는 오직 내 품으로만 파고들 싱싱하고 탄력 있는 나체가 들어 있었다고. 햇빛 찬란한 디안, 정말로 질투에 가득 찬, 탄탄하면서도 시적인, 관념적이면서도 관능적인 이 육체, 일요일에는 성가를 부르는 처녀, 햇빛과 과일을 먹고 자란 디안은 여행지에서 백 자로 쓰인 사랑의 전보를 보내곤 했는데, 그렇다, 이 전보들은 사랑하는 남자에게, 사랑하는 여자가 끝없이 그를 사랑한다는 것을 즉시 알리기 위해서였다고. 새벽 세 시나 네 시에 전화를 걸어 내가 아직도 자기를 사랑하는지를 묻고는 "나는 당신을 사랑해요. 바보처럼 사랑해요. 당신을 그렇게나 사랑하는 내가 미워요, 내 사랑, 치렁치렁한 긴 머리의 루마니아 시골 처녀가 그렇게도 믿음 깊은 사랑으로 자기의 남자를 바라본 적은 없었으니까요"라고 말하던 그 디안을 만나러 갔었다고.

어머니가 떠나던 날 밤, 디안은 나를 집까지 바래다주었고, 떠나기 전 내 어머니가 나를 축복해 주었던 그 아파트에서, 나는 욕망에 달아오른 디안의 옷을 벗겼다고, 이 아들은 내게 말했다. 뜨거운 순간들이 지나고 난 다음 우리는 서로의 얼굴에 수없이 키스를 퍼붓고 나서 향기로운 침대 속 기쁨의 심연으로 빠져들면서 잠이 들었고, 잠 속에서도 더할 수 없이 만족스럽고 싱싱한 미소를 머금었고, 바로 그 시간에, 늙은 내 어머니는 나로부터 멀어져 가는 기차 속에서 나를 축복하며 손수건에 코를 풀고 있었다고. 오, 파렴치한 인간들, 아들과 딸들,

저주받은 족속이여.

   그 아들은 나에게 그렇게 말했다. 아마도 그 아들처럼, 내 어머니가 떠나던 그날 저녁, 그녀가 가련한 모습으로 객차 입구에 서서 나에게 고맙다고 하면서 햇살처럼 손을 벌려 나를 축복하던 그날 저녁, 반짝이는 눈물이 천천히 방울져 흘러내리는 얼굴로 나를 축복하던 그날 저녁, 아마도 그 아들처럼, 나는 허둥지둥 역을 빠져나와 초조한 마음으로 ─나는 아들이었으므로 당연히─ 그렇게도 사랑스럽고 향기롭고 현기증 나게 어른거리는 애인에게로, 눈부신 햇빛 속의 젊은 여자에게로 뛰어갔다. 오, 잔인한 젊음이여! 지금 내가 괴로워하는 것은 그러므로 너무나도 지당한 일이다. 이 괴로움은 나 자신에 대한 복수일 뿐이다. 내 어머니는 통통한 얼굴로, 그렇게 사랑스럽고, 그렇게 어린아이처럼 순진한 얼굴로, 내게 그렇게 큰 기대를 걸고 있었다. 늙은 내 엄마. 내가 그녀에게 준 것은 그렇게도 보잘것없는 것이었다. 그것도 너무 늦게. 이제 기차는 영원히, 아주 영원히 떠났다. 초췌한 얼굴에 헝클어진 머리칼, 나를 축복하던 죽은 내 어머니는 항상 죽음의 기차 문간에 서 있다. 그리고 움직이는 기차를 뒤따라가는 나, 창백한 얼굴로 땀을 흘리며 헐떡거리고, 비굴한 얼굴로, 죽은 내 어머니와 그녀의 축복을 신고 가는 기차를 뒤따라간다.

14

무덤의 음악인 꿈속에서 나는 그녀를 다시 보았는데, 한창때처럼 더할 나위 없이 아름다운 모습이긴 했지만 어쩐지 피곤해 보였고, 말이 없었다. 꿈속의 그녀는 막내 방에서 나가려고 하는 참이었는데, 나는 신경질적인 목소리로 불러 세웠고, 그런 목소리가 나 자신에게도 부끄러웠다. 그녀는 내게 급히 할 일이 있다고, 우리가 마르세유에 도착한 지 얼마 되지 않아서 아들에게 사준 봉제 곰인형에 유대인의 별을 달아야 한다고 말했다. 그렇지만 게슈타포의 명령에도 불구하고 내 방에 조금 더 머물겠다고 말했다. "가엾은 고아가 되었구나." 그녀는 그렇게 말했다. 그녀가 죽은 것은 자기 잘못이 아니며, 때때로 나를 보러 오겠노라고 설명했다. 그러고는, 백작 부인에게는 다시 전화하지 않겠다는 약속을 했다. "다시는 그렇게 하지 않을게. 용서해다오." 푸른 반점이 나타난 작은 손을 보면서 그녀는 말했다. 나는 꿈에서 깨어나서, 그녀가 다시 나타나지 않도록, 밤새도록 책을 읽었다. 그러나 모든 책 속에서 나는 그녀를 만난다. 가세요, 이제 **엄마**는 살아 있지 않아요, 가세요, **엄마**는 너무나도 살아 있어요.

또 다른 꿈에서는 독일에 점령된 프랑스의 어느 비현실적인 거리, 영화 촬영을 하려는 세트 같은 거리에서 나는 그녀를 만났다. 꿈에서 그녀는 나를 보지 않았지만, 나는 애처로운 마음으로, 등이 굽은 거지 여자 같은 그녀가 문을 닫은 시장 부근에서 배추 밑동을 주워서, 노란 유대인의 별이 달린 가방 속에 집어넣는 것을 보고 있었다. 그녀는 동화 속의 심술궂은 노파 같은 모습에 그리스 정교회의 사제복 비슷한 옷을 입고 우스꽝스러운 원통형의 검은 모자를 쓰고 있었지만, 나는 웃음이 나오지 않았다. 나는 미끄러운 거리에서 그녀를 껴안았는데, 거리를 지나가는 마차에는 페탱 원수*가 타고 있었다. 그러자 그녀는 끈으로 묶은 가방을 열어서, 나를 위해 간직했던 곰인형과 아몬드 파이를 꺼냈는데 —당시 프랑스에서는 모두들 굶주렸지만— 그녀는 파이에 손도 대지 않고 있었다. 그녀의 가방을 대신 들어 주면서 나는 몹시 기뻤다. 그녀는 내가 피곤해할까 봐 걱정했고, 나는 그 가방을 계속 들고 있겠다고 말하는 그녀에게 화를 냈다. 그녀는 내가 화를 내는 것을 보고 기뻐했는데, 왜냐하면 그것은 내가 건강하다는 증거였기 때문이다. 그러다가 그녀는 갑자기, 내가 의사라면 좋을 텐데라고 말하고, 청동 사자상이 있는 멋진 살롱이 있다면 더 좋을 거라고 말했다. "이제 죽었으니까 이런 말을 할 수가 있구나." 그리고 나서 그녀는 스웨이드 가죽구두를 사던 날 함께 산책하던 일이 기억나느냐고 물었다. "그때는 즐거웠지"라고 그녀는 말했다. 왜 그때 나는 주머니에서 마분지로 만든 커다란 가짜 코를 꺼냈던 것일까? 왜 나는 그 가짜 코를 당당하게 얼굴에 붙였고, **엄마**와 나, 우리 둘은 왜 의혹과 불신의 소리가 웅성이는 거리

---

* 독일 점령시 친독 정권하의 프랑스 국가원수.

를 당당하게 걸어갔던가? 그러사 **엄마**의 괴상한 모자는 왕관으로 바뀌었지만, 그 왕관 또한 마분지로 만든 것이었고, 병든 말 한 마리가 우리 뒤를 따라왔는데, 말은 기침을 하다가 땅에 쓰러졌고, 그렇게 쓰러질 때면 축축하고 어두운 땅바닥에서는 불똥이 튀어올랐다. 금색 칠이 벗겨지고 작은 거울들이 여러 개 붙어 있는 낡은 마차 하나가 덜컹덜컹 흔들리면서 폐병 걸린 그 온순한 말에 의해 끌려왔는데, 말은 넘어졌다가는 다시 일어서서 얌전하게 고개를 *끄*덕이면서 왕실 마차를 끌었고, 슬퍼 보이는 그 부드러운 눈은 슬기로웠다. 나는 그 마차가 영원하고 아름다운 '율법'의 마차임을 알고 있다. 어머니와 나는 그 마차에 올라탔고, 우리는 군중에게 엄숙한 인사를 보냈지만 그들은 우리를 비웃고 조롱했는데, 왜냐하면 우리의 마차는 60톤짜리 탱크가 아니었기 때문이다. 내 어머니가 군중에게 십계명이 적힌 두루마리를 펼쳐 보이자 그들은 우리에게 썩은 달걀을 던졌고, 그리고 어머니와 나는 함께 울었다. 그녀가 갑자기 "예루살렘"이라고 말하자, 늙은 말은 크고 엄숙하게 고개를 *끄*덕이고는 우리를 돌아보았는데, 그 눈은 착하기 그지없었고, 나도 "예루살렘"이라고 되풀이했으며, 나는 그 의미가 또한

"엄마"라는 뜻임을 알고 있었고, 꿈에서 깨어나면서 나는 내 고독에 몸서리쳤다.

죽은 자들이 끔찍한 것은 그들이 너무나 생생히 살아 있다는 것, 너무나 아름답고 너무나 아득히 멀리 있다는 것이다. 너무나 아름다운 그녀, 그래서 죽은 내 어머니를 내 곁에 가까이 있도록 하기 위해 나는 무수한 밤 동안 계속해서 글을 쓸 것만 같은데, 저 장엄한 죽음의 모습, 내 곁에서 천천히 움직이는 그 모습은 당당한 걸음걸이로 무심하면서도 나를 감싸 보호해 주었고, 그 두려울 만큼 조용하고 슬픈 그림자는 사랑스럽고도 아득한 어떤 것, 슬프다기보다는 조용한 모습, 조용하다기보다는 기이한 모습이다. 여러분, 신발을 벗으시오, 이곳은 내가 죽음을 이야기하는 신성한 장소이므로.

꿈속에서 그녀는 살아 있었고, 내게 설명하기를 어떤 외딴 마을에서 가명으로 숨어 있노라고, 나에 대한 사랑 때문에 깊은 산속 어떤 마을의 농부 집에 숨어 살고 있노라고 한다. 그녀가 내게 설명하기를 그곳에 머물러 있어야만 한다고, 아무도 몰래 나를 보러 왔노라고, 그렇지만 자신이 죽지 않았다는 것을 당국에서 알게 되면 곤란한 일이 생길 거라고 한다. 꿈속에서 그녀는 상냥하지만 그래도 생시보다는 못한 것 같고, 부드럽지만 어딘가 낯설고, 다정하지만 정열적이지는 않고, 애정은 있지만 거리를 둔 것 같은 느낌이고, 생시와는 달리 느릿느릿 말한다. 죽은 자들 사이에서 그녀는 그렇게 변해 있다. 꿈속에서 그녀는 나를 똑바로 바라보지 않고 항상 다른 쪽으로 눈길을 주는데, 아들보다 더 중요한 어떤 비밀스러운 것을 보고 있는 것 같다. 죽은 자들이 항상 다른 데를 주시하고 있다는 것은 끔찍한 일이다. 이런 꿈속에서 내가 알게 된 사실은, 그녀가 아직도 나를 사랑한다면 그것은 생전에 나를 너무나도 사랑했기 때문에 비록 그 정도가 좀 덜하다고 하더라도, 여전히 나를 사랑하지 않을 수 없다는 사실이다. 그러고는 사랑이 식어 가는 듯한, 이해하기 어려운 조용한 태도로, 이제 그만 숨어 사는 마을로 돌아가야 한다고 말한다. 꿈속에서도, 행여라도 살아 있다는 것이 알려지지 않을까 하는 그녀의 두려움이 내게로 옮아 온다. 왜냐하면 꿈속에서 그녀가 살아 있는 것은 위법이며, 죽지 않았다는 것은 죄를 저지르는 일이기 때문이다. 이 모든 것은 다 터무니없는 일이다. 그녀가 숨어 사는 곳은 마을이 아니라 흙냄새가 나는 땅속이다. 확실한 진실은 그녀가 더 이상 나에게 말을 할 수 없다는 것, 더 이상 나를 보살펴 줄 수 없다는 것이다. 땅속에 몸을 뻗고 누워 있는 죽은 자들의 두렵고 이기적인 고독이여! 사랑하는 죽은 자들이여, 그리운 배반자들이여, 그대들은 더 이상 우리를 사랑하지 않는다. 그대들은 우리를 홀로, 외로움과 무지 속에 팽개쳐 놓는다.

15

　내가 원하는 것은 꿈속에서의 그녀가 아니고, 여기, 나와 함께 있어야 할 삶 속에서의 그녀, 아들이 곱게 옷을 입혀 주고 아들이 안전하게 보살펴 주는 것을 기뻐하는 그녀이다. 그녀는 나를 배에 넣고 아홉 달을 데리고 다녔는데, 지금은 여기에 없다. 나는 나무 없는 과일, 어미 없는 병아리, 사막의 외로운 사자 새끼, 나는 추위로 온몸이 떨린다. 그녀가 곁에 있다면 "맘껏 울어라, 얘야, 그러면 기분이 좀 나아질 거야"라고 말할 것이다. 그녀가 곁에 없으므로 나는 울고 싶지 않다. 나는 그녀 곁에서만 울고 싶다. 나는 그녀와 함께 산책을 하고 싶고, 그 누구보다 열심히 그녀의 이야기를 듣고 싶고, 그녀에게 기분 좋은 말을 해주고 싶고, 그녀를 구슬려서 내가 면도하거나 옷을 입는 동안 내 곁에서 시간을 보내게 하고 싶다. 내가 원하는 것은 ―신이 계신다면, 증명해 보이시라― 병이 들어 그녀가 자신만의 비방인, 붉은 아마 열매를 곱게 빻아 설탕에 섞어 만든 약을 내게 먹여 주는 것이다. "얘야, 기침에는 이 약이 좋단다." 나는 그녀가 내 양복의 먼지를 털어 주고, 여러 가지 이야기를 해주기를 원한다. 나는 내 어머니의 끝없는 이야기를 듣기 위해 이 세상에 태어났기 때문이다. 나에 대한 그녀의 터무니없는 편애를 나는 원하고, 나를 좋아하지 않는 사람들에게 그녀가 화내기를 나는 원한다. 그녀에게 외교관 여권을 보여 줄 때 기뻐하던 모습을 나는 보고 싶은데, 왜냐하면 그녀는 순진하게도 외교관 여권을 갖는 것이 굉장한 일이라고 믿었기 때문이다. 나는 그녀의 환상을 깨고 싶지 않은데, 왜냐하면 그녀가 기뻐하며, 나를 축복해 주기를 원하기 때문이다. 그러나 무엇보다 나는 옛날의 어린 아들로 되돌아가고 싶다. 그녀가 커다란 누가를 신고 가는 배를 그려 주기를, 멋진 꽃을 그려 주어서 내가 그것을 다시 모사할 수 있기를, 비뚜름한 내 넥타이를 고쳐 주고, 그런 다음 정답게 내 어깨를 두드려 주기를 나는 원한다. 나는 **엄마**의 어린 아들, 몸이 아플 때면 침대가에 앉은 **엄마**의 치맛자락을 붙잡고 싶어 하는 어린애로 되돌아가고 싶다. 내가 그녀의 치맛자락을 붙잡고 있으면 그 누구도 나를 해칠 수 없다. 이 나이에 이런 이야기를 하는 것이 얼마나 우스꽝스러운가. 하지만 나는 바로 그렇게 우스꽝스러워지고 싶다.

어미 잃은 새끼 새는 우스꽝스러울 정도로 가엾다. 새끼는 나뭇가지 위에서 찍찍거리며, 단조롭고 쓸데없는 죽음의 노래를 부른다. 새끼 양 또한 마찬가지다. 사막에서 그것은 어미 양을 잃고 슬픈 울음을 운다. 사막에서 두려움으로 온몸을 떠는 새끼 양은 곧 갈증으로 죽을 터이지만, 어미를 찾아 끝없이 사막을 헤맨다.

예방주사를 맞고서 사흘 동안은 위험을 불러오는 어떤 말도 입 밖에 내지 말라고, 그녀는 신신당부했다. 그 미신적인 말을 나는 다시 듣고 싶다. 내가 친구를 소개할 때면 어색하게 움츠러드는 그녀를 나는 다시 보고 싶다. 예전처럼 그녀가 내 곁에 있어서 너무 글만 쓰지 말라고 당부하는 말을 나는 듣고 싶다. 왜냐하면 "그렇게 하루 종일 생각에만 잠겨 있으면 머리에 나쁜 법이고, 너도 알다시피, 학자들 중에는 너무 깊이 생각만 했기 때문에 정신이 돌아 버린 사람도 많고, 네가 자고 있을 때 내 마음이 안심되는 것은 적어도 자는 동안에는 생각을 하지 않아도 되기 때문이야." 나는 그녀의 그 말을 다시 듣고 싶고, 그것을 원하지만 이제는 아무것도 들을 수 없고, 그래서 이렇게 나를 사랑하지 않는 신이 미워진다.

16

　나는 눈을 뜬 채 백일몽에 잠겨서, 만일 지금 그녀가 살아 있다면 어떨지를 생각해 본다. 나는 그녀와 함께 소박하게, 고즈넉하게 생활할 것이다. 바닷가의 작은 집에서, 사람들과 떨어져서 살 것이다. 우리 두 사람, 그녀와 나, 약간 찌부러진 작은 집, 그 밖에는 아무도 없을 것이다. 아주 조용하고 소박한 생활. 그러면 나는 새로운 영혼을 가질 터인데, 그녀와 비슷한 자그마하고 늙은 부인의 영혼을 갖게 된다면, 그녀는 나 때문에 불편해하지 않고 아주 만족스러워할 것이다. 그녀를 기쁘게 하기 위해 나는 담배를 끊을 것이다. 우리는 사이좋게 함께 집안일을 할 것이다. 우리는 함께 요리를 하면서 "치커리를 조금만, 아주 조금만 넣으면 커피맛이 정말 좋아질 거야"라든지, 혹은 "소금을 너무 많이 넣지 않는 게 좋겠어, 싱거우면 나중에 넣을 수 있으니까" 등의 말을 할 것이다. 나는 그녀처럼 나무 주걱으로 완자를 토닥거릴 것이다. 늙은 두 자매, 그녀와 나, 한 사람이 마카로니 국수의 물기를 빼고 있는 동안, 또 한 사람은 치즈를 강판에 갈아 가루로 만들 것이다. 우리는 서로 이야기하면서 청소를 하고, 놋그릇을 닦을 것이고, 일이 끝나면, 함께 의자에 앉을 것이다. 우리는 만족스럽고 정다운 미소를 지을 것이고, 기분 좋은 노곤함을 느끼면서 느긋한 한숨을 쉴 것이고, 우리가 해놓은 일, 깨끗하고 정돈된 부엌을 흐뭇하게 바라볼 것이다. 그녀에 대한 사랑 때문에, 그녀를 기쁘게 하기 위해, 나는 짐짓 만족스러움을 과장할 것이다. 그리고 우리는 열심히 일했으니까 이제 뜨거운 커피를 마실 것이고, 그녀는 커피를 마시면서 찻잔에 닿을락 말락 하는 안경 너머로 나에게 미소 지을 것이다. 우리는 때때로 함께 폭소를 터뜨릴 것이다. 우리는 항상 미소 지으면서 서로에게 작은 서비스를 해줄 것이다. 저녁 식사를 마치고 모든 것을 정돈하고 나면, 그녀와 나, 우리는 아늑한 벽난로 곁에 앉아 이야기를 할 것이고, 서로 정답게 바라볼 것이다. 정답고 편안하고 성실한 늙은 두 여인들은 나란히 놓인 두 개의 사과처럼, 기분 좋은 두 장난꾸러기처럼, 이빨은 많이 남아 있지 않지만 아직도 개구쟁이 같은 데가 있을 것이고, 그녀를 위한 사랑으로 나도 그녀처럼 바느질을 할 것이고, **엄마**와 나, 단짝 친구 인 우리는 함께, 끝없이 함께 이야기를 할 것이다. 내가 상상하는 천국은 그런 것이다.

내 어머니가 그 현명한 미소를 지으면서 내게 하는 말 이 귀에 들린다. "이런 생활은 네게 맞지 않을 거야. 너 는 변하지 않을 테니까 어쩔 수가 없을 거야." 그리고 그 녀는 생전에 그토록 자주 했던 말을 덧붙인다. "정신 나 간 나의 군주, 옛날의 나의 왕자." 그녀는 가까이 다가오 면서 말한다. "그리고 말이다, 나는 네가 변하는 것이 싫 어. **엄마**들은 말이다, 아들이 좀 도도하게 굴고, 약간은 고마운 줄도 모르는 것을 좋아하잖니, 그건 아들이 건 강하다는 증거니까."

고개를 들고 거울을 들여다보면, 라디오에서는 누군가

가 계속 지껄여 대는데, 거기, 글을 쓰고 있는 내 모습이 보인다. 조용하게, 그림처럼 조용하게, 점잖은 얼굴로, 바보처럼 금지된 게임에 몰두하고 있는 아이의 조용한 모습으로, 글쓰기에 빠져, 아무 무게도 느끼지 못하고, 가벼운 미소를 지으면서, 왼손으로 가볍게 종이를 붙잡고 오른손으로 아이처럼 열심히 글을 쓰고 있는 내 모습이. 이렇게 정성스럽게 이렇게 만족스럽게 글을 쓰고 있는 사람, 머지않아 역시 죽게 될 이 사람에게 나는 약간의 연민을 느낀다.

17

　나는 지금 책상에 앉아, 나의 모든 뼈들을 추려 모아 놓고, 그것이 끝나기를, 일 년 혹은 삼 년 후에 혹은 기껏 해야 이십 년 후에는 내 차례가 오기를, 기다리고 있다. 그렇지만 마치 영원히 살 것처럼 흥미와 정성을 다해 글을 쓰고 있는 이 모습은 물이 새어 들어오는 난파선에 열심히 땜질하고 있는 용접공과도 같다. 나는 고아의 괴로움을 잉크의 흔적으로 달래 가면서, 꿈틀대며 움직이는 말 없는 작은 생물체들과 무언의 친구가 될 저 습기 차고 어두운 땅을 기다린다. 내 모습이 눈에 보인다. 갈색 반점이 있는 작고 귀여운 벌레 한 마리가 나에게로 기어 온다. 벌레는 내 콧구멍 속으로 기어 들어오지만, 콧구멍이 미동도 하지 않는 것은 이미 모든 감각을 상실했기 때문이다. 내 콧구멍은 벌레의 집이고 식품창고이다.

내 몸 위에 무거운 흙이 덮여도 침착한 나는 불평 한마디 없고, 비에 젖은 침묵의 흙은 무겁게 나를 내리누른다. 그리고 나는 혼자서, 내 어머니처럼 혼자서, 땅속에 영원히 몸을 뻗고 누워 있는데, 손질도 하지 않고 멋지지도 못한 옷이 너무 헐렁한 것은 이미 몸이 홀쭉해졌기 때문이다. 이제는 쓸모없어져서 땅속에 내던져진 이 외롭고 가엾은 몸뚱이의 친구라고는 말 없이 열을 지어 누워 있는 자들, 한때는 활기차게 살아 있었으나 이제는 사지를 뻗고 말없이 누워 있는 자들뿐, 외로운 이 시체가 어두운 침묵 속의 저 세상에서 웃음 짓고 있을 때, 나를 그렇게나 사랑했고, 삼 년 전 장례식 때 그렇게나 울었던 여인은 오늘 저녁 무도회에 흰색 드레스를 입는 것이 좋을까, 아니면 핑크빛 드레스가 더 어울릴까 골똘히 생각한다.

18

내가 부르면 언제나 대답하던 그녀, 이제는 대답하지 않는다. 나는 그녀가 죽은 것은 잘된 일이라고 생각하려고 애쓴다. 위안이 되는 생각 중의 하나는 이제 그녀는 죽었으므로 유대인이 아니고, 그래서 누구도 그녀를 해치거나 두렵게 할 수 없다는 점이다. 이제는 무덤 속에 있으므로 그녀는 저항하는 눈길로, 온몸으로, 유죄를 부인하는 유대인이 아니고, 두려움과 기다림에서 비롯된 저 알 수 없는 경악감으로 입이 멍하게 벌어진 유대인이 아니다. 살아 있는 유대인들의 눈은 언제나 공포로 가득 차 있다. 공포와 불행은 우리 집안에서 생산하는 특산품이다. 고급 식당에 가면 그 집의 솜씨를 자랑하는 최상급 파이가 있듯이, 우리 집안의 특산품인 불행은 도매도 하고 중간도매도 하고 소매도 한다. 또 하나 위안이 되는 생각은 그녀가 나의 죽음을 볼 수 없다는 사실이다.

더 이상 아무것도 없다. 침묵. 그녀는 침묵이다. "죽었어"라고 나는 창가에서 되풀이해서 중얼거린다. 어리석은 연인들에게는 소중한 하늘 아래서, 어머가 없는 고아들에게는 증오스러운 하늘 아래서, 나는 그렇게 중얼거린다. "죽었어"라고, 나는 미친 사람처럼 떨면서 중얼거린다. "생각하고 소망하고 노래 부르더니…… 이제는 죽었어"라고, 위험한 낙원의 유혹을 뿌리치면서 중얼거리고, 위로해 주지 못하는 미소를 지으면서, "죽었어"라고, 나는 바보처럼 중얼거린다. 이 모든 것들, 단조로울 뿐 재미있는 것도 아니다. 나에게도 그렇다. 제발 비웃지 말라. 결국 내 어머니의 죽음은 이 세상의 유일한 비극이다. 당신들은 그렇게 생각하지 않는가? 누군가를 잃고 애도하는 당신의 차례가 될 때까지 기다리시라. 혹은 당신들이 애도받을 때까지.

나는 고개를 돌려 그녀가 보았고 만졌던 물건들을 바라본다. 그것들, 이 펜과 가방은 내 곁에 있다. 그러나 그녀는 없다. 그녀의 신성한 이름을 불러보지만 대답이 없다. 그녀는 항상 즉시 대답을 하고 달려왔었는데, 이 대답 없음은 끔찍한 일이다. 생전에는, 무슨 일이든지, 그저 별것 아닌 일이라도, 내가 부르기만 하면 그녀는 곧 달려와서, 잘못 놓아두었던 열쇠나 펜을 찾아 주었고, 얘기를 해주었고, 항상 그렇게 달려와서는 없어진 열쇠나 펜을 어디선가 찾아냈고, 항상 옛날 얘기보따리를 펼쳐 놓았었는데, 나도 모르게 방문 쪽으로 걸어가서 문을 열어보지만, 그녀는 문 뒤에 없었다.

　작은 새 한 마리가 창가에 날아와 무언가를 쪼아 먹는데, 나는 그것을 쫓아 버렸다. 그녀는 통통한 작은 새들을 보면 좋아했다. 이제 새들은 내게 아무 쓸모도 없고, 나는 그것들을 원하지 않는다. 이제 음악도 싫다. 나는 라디오를 꺼버렸다. 모든 위대한 음악이란 나를 아끼고 정신 나간 듯한 애정으로 나를 바라보았던 바로 내 어머니이며, 그녀의 눈길이었기 때문이다. 지금 군악대가 연주를 하면서 길거리를 지나고 있다. 그들, 살아 있는 자

들은 얼마나 즐거우며, 나는 얼마나 외로운가. 나는 거울
로 가서 내 얼굴을 들여다보려 한다. 그것은 하나의 심
심풀이, 죽음을 잊어버리는 놀이이다. 그리고 거울 속에
는 나와 마음이 통하는 사람이 있을 것이다.

　나는 거울을 들여다보지만, 거울 속에 있는 것은 내
어머니이다. 나의 슬픔은 육신이 되어서, 창백해지고 온
몸이 축축해진다. 내 뺨을 적시는 것은 눈물이 아니고
―눈물은 괴로움이 없는 자들의 특권이다― 이마에서
흘러내린 땀방울이다. 내 어머니의 죽음의 땀방울은 얼
음처럼 차갑다. 그러자 갑자기 고통에 대한 무관심, 고통
에 대한 마비, 어떤 놀이와도 같은 고통이 느껴져서, 나
도 모르게 거울 앞에서 눈의 안구를 눌러 본다. 그러자
착시가 일어나고, 거울에 두 고아의 모습이 보인다. 그것
을 보고 있는 나까지 포함해서 세 사람이 모인 셈이다.
그런 괴로움은 시적이지도 고상하지도 않은 것이다. 손
으로 안구를 눌러 보는 동작은 삶에 대한 서글픈 흥미
만을, 무언가에 흥미를 갖는 체하는 느낌을 줄 뿐이다.
뭔가를 해야 한다면, 그렇다면 과자라도 하나 먹어 볼
까? 아니, 내가 원하는 것은 그녀가 만든 과자이다. 내

거울에 보이는 나의 혼란스러운 모습, 나는 살아 있는 것처럼 보이려고 그 모습을 보며 미소 짓고, 정신 나간 듯 미소 지으면서 "만사 평안합지요, 후작 부인"*이라고, 그리고 나는 끝장난 것이라고, 중얼거린다. 끝났다. 껀낫다, 꼰낫다. 깐낫다. 내가 발견한 것, 그것은 인간은 고통 속에서도 약간은 즐길 수 있다는 사실이다.

밤이 되었다. 나는 내 어머니를 생각하지 않으려고 정원으로 나갔다. 바람이 내 고통과 붉은 실내복 속으로 파고 들어와 앞자락을 벌리면, 살아 있는 알몸이 나타나서, 나는 그녀가 나를 바라보고 있는 이 견딜 수 없는 밤에, 미쳐 버린 가련한 왕이 되었다. 길 잃은 개 한 마리가 내 어머니의 눈으로 나를 바라보았고, 그래서 나는 다시 집 안으로 들어갔다. 우리가 사랑했던 죽은 자들은 한밤중에 우리에게 두려움을 주고, 우리의 두려움은 그들을 부활시킨다. 낮에는 나도 그들처럼 옷을 입고, 속마음을 감추지만, 어쨌든 나는 변함없는 나 그대로이다. 나는

---

* 폴 미스라키의 샹송 제목이자 후렴구. 하인들이 후작 부인에게 차례로 성에 불이 났다는 것과 남편이 죽었다는 것을 알리면서, 후렴에 "그것 말고는, 후작 부인, 만사 평안합지요"라고 말한다.

낮에는 그들의 사무실에서, 그들의 거실에서 미소 짓지만 그들에게 무슨 말을 해야 좋을지 모른다. 그러나 나의 분신, 나와 꼭 닮은 또 하나의 나, 영혼도 없는 아이, 뒤바뀐 영리한 아이가 곧 내 자리를 차지하고 그들의 찬사를 받을 때, 나는 경멸감을 감추지 못한다. 그가 이야기를 하며 재치 있고 매력적으로 굴 때, 나는 죽은 내 어머니를 생각한다. 그녀는 나의 지배자, 나의 광기이며, 굴곡진 내 골수의 여왕이어서, 그것이 모든 것을 그녀에게로 이끌어 가면, 그녀는 내 골수 한가운데 기묘하게 수직으로 세워진 관 속의 왕좌에 앉아 있다. 때때로 아주 짧은 순간 나는 그녀가 죽지 않았다고 생각한다. 그리고 다시금 그녀가 죽었음을 깨닫는다. "죽었어"라고 나는 말한다. 그녀가 나를 기다리고 있는 그 거실에서, 그녀가 어둡고 아련한 모습으로 나와 사람들 —깊은 애도의 말을 할 때의 나와 똑같이, 거짓 슬픔을 눈에 담고, 그 엷은 입술로 내게 애도의 말을 건넸던 그 사람들— 사이에서 서성이고 있는 거실에서.

19

　길거리에서도 죽은 내 어머니의 생각을 떨쳐 버리지 못하는 나는, 자신이 죽으리라는 것을 알지 못하는 사람들, 자신의 관을 만들 나무가 이미 제재소나 숲에 준비되어 있다는 사실을 알지 못하는 사람들을 침울하게 바라본다. 내일이면 시체가 될 분 바른 젊은 여인들이 웃음을 터뜨리고, 해골의 표식이며 시작인 이를 드러내 보이고, 서른두 개의 그 작은 뼛조각들을 보란 듯이 드러내고, 영원히 죽지 않을 것처럼 크게 웃는 모습을 나는 물끄러미 바라본다. 길거리의 밝은 햇빛 아래 불 켜진 창백하고 쓸모없는 석유램프처럼 나는 슬프고, 환한 여름날 불 켜진 램프처럼 나는 침울하여, 외로운 내 영혼을 먹여 살리는 강물과도 같은 거리에서 나는 가련할 뿐, 망연한 모습으로 천천히 길을 걸으면, 거리는 쓸모없는 여인들로 넘쳐나는데, 그중에 어떤 여자도 그녀는 아니지만 모두가 그녀와 비슷하다. 죽기 직전 생시의 내 어머니를 끊임없이 생각나게 하는 길거리, 그 길거리에서, 나는 땀에 젖은 악몽이다. 지나가는 사람에게 다가가서 나는 어머니를 잃었노라고 말하고, 같은 처지의 사람끼리 키스를 하자고, 그가 이미 겪었거나 곧 겪게 될 불행을 함께 나누는 열렬한 키스를 하자고 말한다면? 아니다, 그는 나를 경찰에 신고할 것이다.

오늘 나는 죽음의 생각으로 미쳐 있고, 죽음은 어디에나 있어서, 지금 내가 글을 쓰고 있는 책상 위에서 향기를 내뿜고 있는 이 장미꽃들, 지금은 끔찍이도 살아 있지만, 억지로 사흘을 더 물 속에서 살아 있는 것처럼 보이게 만들었을 뿐, 곧 시체로 변할 것들이다. 사람들은 이 죽음의 고통을 좋아하고, 시체인 그 꽃들을 사고, 젊은 여자들은 그것을 즐긴다. 내 눈 앞에서 사라져라, 죽은 장미들이여! 나는 창문 밖으로, 머리에 리본을 매고 시장바구니를 든 노파에게 그것을 던져 버렸다. 사람이 늙으면 그다음에는 어떻게 되는지 우리는 알고 있다. 그렇지만 어쨌든 이 여인은 오늘 아침까지는 살아 있다. 그녀는 책망하는 눈길로 나를 바라보았다. '이렇게 예쁜 꽃을 창밖으로 던져 버리다니, 몹쓸 짓이야'라고 그녀는 생각했을 것이다. 어찌할 바 모르는 어린아이인 내가, 죽어 가는 그 목을 졸라 그것을 죽여 버리고 싶어 했음을, 그녀는 알지 못한다.

나는 지금 당장 기분 전환이 필요하다. 아무것이든 좋다. 그래, 교회 종탑의 수탉을 노래한 옛 프랑스 민요나, 뭐 그런 비슷한 것에 운을 맞춰 엉터리 노래라도 불러 보자. 이상한 짓을 하는 여자들을 만들어 내고, '년'자에 운을 맞춰, 나 혼자서 우울하게 즐겨 보자. 교회에서 외설스러운 노래를 하는, 사랑에 빠진 계집년. 우스꽝스럽게 춤을 추는 착한 안달루시아 계집년. 그녀를 타면서 생각에 잠겨 있는 뚱뚱한 계집년. 엉터리 검둥이로 변장한 명랑한 계집년. 달을 보고 히죽거리는 갈색 얼굴의 계집년. 지저분한 술집에서 우는 소리로 수작을 붙이는 얼굴 붉은 계집년. 나무에 올라가 춤을 추며 추파를 던지는 얼굴 하얀 계집년. 미친 듯이 화장을 해대는 다갈색 얼굴의 계집년. 강가에 앉아 두려운 얼굴로 부채질하는 유대인 계집년. 불량스러운 몸짓으로 카르마뇰 춤*을 추는 스페인 계집년. 깨어진 찻주전자를 유대인처럼 때우는 거만한 계집년. 장롱 위에 올라가 허둥지둥 춤을 추는 검둥이 계집년. 지하 카바레에서 기운차게 춤을 추는 말라깽이 계집년. 첼로를 멋지게 연주하는 레이스 재킷을 입은 계집년. 고집스럽게 체조만 하는 관절염 걸린 계집년. 헐떡거리면서 숨넘어가도록 웃는 난쟁이 계집년. 순진한 표정으로 의자 위에서 한숨 쉬는 스코틀랜드 계집년. 한쪽 발로 조용히 롤러스케이트를 타는 금욕적인 계집년. 다락방에서 육중한 몸을 흔드는 정열적인 계집년. 열심히 박하사탕을 빨고 있는 얌전한 계집년. 슬픔이 언제나 고상한 말로 표현되는 것은 아니다. 그것은 하찮고 서글픈 농담에도, 죽은 창문 같은 내 눈에 미간을 찌푸리는 키 작은 노파들에게서도 나온다. 게다가 내 노래 속의 계집년들은 별 효과도 없다.

---

* 프랑스 혁명 당시 유행하던 춤

가짜 속담을 만들어 보면 어떨까? 한번 해볼까. 뜨거운 물에 덴 고양이는 반은 용서받은 것이나 다름없다.* 구르는 아버지는 찬물도 무서워한다.** 뜨거운 물에 덴 아버지는 황금 허리띠보다 낫다.*** 뒤집혀진 한 마리 쥐는 두 마리와 맞먹는다.**** 좋은 평판은 모든 죄악의 근원이다.***** 이렇게 해보아도 기분이 좋아지지 않는다. 물끄러미 바라보는 고양이 눈에서 내 어머니의 시선 밖에는 아무것도 보이지 않는 이 강박증. 신神을 사용해 보면 어떨까? 신이라는 말이 내게 뭔가를 떠오르게 한다. 그러나 신을 들먹이면 나는 낙담할 뿐이다. 어쨌거나 신께서도 좀 한가해지면 내게 알려 주겠지.

고상하고 풍요로운 고통을 노래한 시인들은 결코 그 고통을 알지 못했고, 미지근하고 소심한 인간들도, 행을

---

* 두 가지 속담 '뜨거운 물에 덴 고양이는 찬물도 무서워한다'와 '죄를 고백하면 반은 용서받은 것이나 다름없다'를 섞은 것.

** '구르는 돌은 이끼가 끼지 않는다'를 변형시켜 '뜨거운 물에 덴……'과 섞은 것.

*** '뜨거운 물에 덴 고양이……'를 변형시켜 '좋은 평판은 황금 허리띠보다 낫다'와 섞은 것.

**** '미리 알고 있는 자는 더욱 조심하는 법이다'를 변형시킨 것.

***** '나태는 모든 죄악의 근원이다'를 변형시킨 것.

바꾸어 글을 쓰고 여기저기 낱말들이 나열된 빈칸들을 만들어 내기는 하지만, 역시 고통을 알지 못했고, 힘든 일을 기꺼이 하는 무력한 자들도 역시 마찬가지다. 그들의 감정은 덧없고 한심한 것이어서, 그들은 행을 바꾸어 글을 쓴다. 이 점잔 빼는 시인들, 뾰족구두를 신고 높은 나뭇가지에 올라 거드름 피우면서, 어린아이가 딸랑이 장난감을 흔들듯, 운을 맞추어 재잘대는 이 난쟁이들, 내뱉는 말마다 힘주어 강조하고, 그 잘난 형용사로 신이 나서 우리를 괴롭히고, 14행시라는 걸 써놓고 으스대고, 황홀함의 극치라고 착각하는 낱말들을 책상 위에 내뱉고, 사탕 빨듯 그 말들을 빨아 대면서 우리에게도 빨아 보라고 강요하고, 그 멋진 말들을 모든 사람들에게 가르쳐 주고, 볼품없는 어깨를 거들먹거리고, 그 변비증 걸린 천재성을 교묘하게 이용하면서, 엉터리 시들을 걸작이라고 착각한다. 숨이 막힐 듯 입을 벌리고 땀 흘리면서 같은 말을 되뇌이는 이 고통이 진정 무엇인지 알았다면, 자기 만족에 빠진 그 겉멋쟁이들도 감히 고통의 아름다움을 노래하지 못했을 것이고, '위대한 고통만큼 우리를 고귀하게 만드는 것은 없다'*는 따위의 말을 하지도 않았을 것이다. 이 위선적인 소시민들은 피의 대가로 무엇인

157

가를 획득해 본 적이 없는 인간들이다. 나는 고통이 무엇인지를 알고 있고, 그것이 우리를 고귀하게 만들지도 풍부하게 만들지도 않는다는 것을, 고통은 우리를 뜨거운 물에 삶은 페루 전사戰士들의 작은 대갈통처럼 쪼그라들게 만든다는 것을 알고 있다. 운을 맞추느라 허덕이면서 고통을 노래하는 이 시인들, 장대발 위에 올라탄 이 멋진 난쟁이들은, 우리를 죽은 인간으로 만드는 고통이 무엇인지 전혀 이해하지 못했다. 나는 그것을 알고 있다.

---

* 뮈세의 시 「오월의 밤」에서 인용.

20

　그래, 나 역시 살아 있는 한 인간, 모든 살아 있는 자들처럼 죄인일 뿐이다. 사랑하는 내 여인은 땅속에 누워, 홀로 죽은 자들의 침묵 속에서, 죽은 자들의 끔찍한 고독 속에서 썩어 가는데, 밖에 있는 나는 이렇게 태연히 살아가고, 내 손은 이 순간에도 이기적으로 움직이고 있다. 내 손이 나의 고통을 이야기하는 낱말들을 종이 위에 쓰고 있다면, 그 손을 움직이는 것은 생명의 활동, 다시 말하면 기쁨의 동작이다. 나는 내일 이 원고를 다시 읽고 몇 마디를 덧붙일 것이고, 또 거기에서 일종의 기쁨을 느낄 것이다. 삶이라는 이 죄악. 나는 이 원고를 교정

할 것이고, 그것은 삶의 또 다른 죄악일 것이다.

내 어머니는 죽었지만, 그러나 나는 여자들의 아름다움을 바라본다. 내 어머니는 끔찍한 일들이 벌어지고 있는 땅속에 버려져 있지만, 나는 태양과 지저귀는 작은 새들을 사랑한다. 삶의 죄악. 어머니와 기차역에서의 작별, 그리고 바로 그날 밤 디안이라는 여자를 만나러 갔던 일에 대한 아들로서의 회한을 이야기했을 때, 나는 기쁨을 억제하지 못한 채 이 디안을 묘사했다. 삶의 죄악. 내 어머니는 죽었지만, 글을 쓰고 있는 내 옆에서 끊임없이 지껄여 대는 라디오에서 〈도나우 강의 푸른 물결〉이라도 흘러나오면 나는 그 한심한 멜로디에 저항하지 못하고, 아들의 슬픔도 잊어버린 채, 즉시, 우아하게 춤추는 날씬한 빈 여인들을 그리워한다.

삶의 죄악은 어디에나 있다. 폐결핵에 걸린 어느 부인의 여동생이 건강하고 젊다면, 신은, 그 병든 여인을 진정으로 사랑하고 정성을 다해 간호하는 그녀의 남편과 처제를 가엾게 여기리라. 그들은 건강하게 살아 있으므로, 목에서는 가래 끓는 소리가 나면서도 진통제에 취한 병자가 미소 지으며 잠들면, 그들은 함께 어두워 가는 정원을 산책할 것이다. 그들은 슬프기는 하지만 꽃향기 감도는 정원에서 함께 있는 기쁨을 맛볼 것이고, 그것은 거의 간통이나 다름없다. 진정 슬픔에 잠겨 있으면서도 장례식에 가기 위해 실크 스타킹을 신고 얼굴을 아름답게 화장한 미망인도 역시 그렇다. 산다는 죄악. 내일, 그녀는 초라해 보이고 싶지 않으므로 미모를 한껏 돋보이게 할 드레스를 입을 것이다. 삶의 죄악. 무덤가에서 절망에 몸을 떨며 숨죽여 우는 어떤 연인의 슬픔 밑바닥에 숨어 있는 것, 그것은 아마 자신도 어찌할 수 없는 이 끔찍한 기쁨, 아직도 자신은 살아 있다는 이 죄 많은 기쁨, 이 무의식적인 기쁨, 자신도 어찌할 수 없는 이 생명체의 기쁨이고, 진실한 슬픔을 말하는 살아 있는 남자와 죽은 여인 사이의 어쩔 수 없는 대조적인 기쁨이다. 슬픔을 느낀다는 것은 살아 있다는 것이고, 살아 있는 인간들 중의 하나라는 의미이고, 아직도 이 지상에 살아 있다는 의미이다.

내 어머니는 죽었지만 나는 배가 고프고, 이 슬픔에도 불구하고 나는 뭔가를 먹을 것이다. 삶의 죄악. 먹는다는 것은 자신을 생각하는 것이고, 삶을 사랑하는 것이다. 나의 눈자위는 어머니를 잃은 슬픔으로 거무스레 하지만, 그래도 나는 살고 싶다. 삶이라는 죄악을 저지른 인간들도 머지않아 바로 그 죄악에 모욕당하고 죽어 간다는 것—참으로 신의 은총이 아닌가!

　게다가 우리는 곧 우리의 죽은 자들을 잊어버린다. 가없는 죽은 자들이여, 저 땅속에 내버려진 그대들, 그 영원한 고독 속에 가슴 에이는 그대들, 그 얼마나 가여운가. 앞으로 오 년도 채 못 되어서 나는, 어머니란 이미 끝나버린 것이라는 생각을 당연하게 받아들일 것이다. 오년이 지나면 나는 그녀의 몸짓을 잊어버릴 것이다. 내가 천 년을 산다면 그 천 년째 되는 해에는 그녀를 기억하지도 못할 것이다.

21

이 코미디는 무엇인가? 내 어머니는 태어나서 이 세상에 왔고, 아들이 있음을 행복해했고, 멋진 옷을 입을 때 기뻐했으며, 웃음을 터뜨렸고, 간절한 소망을 가졌고, 무수한 괴로움을 겪었고, 내 교과서를 반짝거리는 예쁜 분홍빛 표지로 정성스럽게 싸주었고, 그렇게 정성을 들일 때는 침을 삼켰고, 병을 그렇게나 무서워했고, 의사들을 턱없이 믿었고, 꿈같은 주네브 여행을 위해서 몇 달 전부터 준비를 했고, 내가 칭찬을 해주면 그렇게나 좋아했고, 정말 체중이 몇 킬로그램 줄었다고 말해주면 너무나 행복해했지만, 내 말은 절대로 사실이 아니었고, 점잖고 촌스러운 그러나 알뜰하게 수선한 그 초라한 모자가 멋지다고 말해 주면, 너무나도 좋아했다. 그 모든 것, 그 모든 것은 도대체 무엇 때문인가? 모두가 헛된 것. 그 모든 것 결국 흙구덩이 속으로 들어가기 위한 것이었을 뿐인데.

내 늙은 **엄마**는 그때는 젊었다. 내가 여섯 살이었을 때, 어느 날 그녀가 수녀원 부속학교로 나를 데리러 왔던 것이 생각난다. 내 젊은 **엄마**는 얼마나 예뻤던가! 나는 그녀를 자랑스럽게 바라보았는데, 그러나 앵무새 장식이 붙은 그녀의 모자는 삶은 가죽으로 만든 장-바르라는 나의 선원 모자*만큼이나 우스꽝스러운 것이어서, 그런 이상한 모자를 만든 모자장이가 파산하고 망하게 된 것은 당연지사였다. 나는 당시 스물다섯 살이었던 날씬한 내 **엄마**를 열렬히 바라보면서, 세상에서 제일 예쁜 **엄마**라고 말해 주었다. 그녀는 행복한 웃음을 지었다. 악마인지 신인지 모르지만, 당신은 어찌하여 죽어 땅에 묻히고 말 그 얼굴에 웃음을, 불멸의 신들만이 즐겨야 할 저 터무니없는 기쁨을 주었던가? 우리는 이 지상에서 이렇게

---

* 17세기 선원의 모자를 본떠서 만든 소년 모자. 19세기에서 20세기 초까지 소년들 사이에는 선원의 복식이 유행했다.

기만당하려고 태어났던 것인가. 어찌하여, 아아, 이제는 땅속 깊이 묻혀 있는데, 어찌하여 그녀는 그 젊음과 아름다움에 웃음 지었던가? 관 속에서는 숨쉬기가 얼마나 힘들까. 죽은 자들은 거기에서 숨이 막힌다. 어찌하여 그녀는 젊었을 때 그 젊음에 웃음 지었고, 아들이 자신을 찬미하는 것을 보고 웃음 지었던가? 어느 날 또 다른 웃음이, 해골이 된 저 죽은 자들의 얼어붙은 웃음이 어느 날 찾아오게 될 것이라면? 어찌하여 그녀는 한때는 이도 없는 귀여운 어린아이, 물통 속에 집어넣어 햇볕 따스한 곳에서 목욕시키던 어린아이, 즐겁게 물장구 치고 귀여운 발로 힘차게 버둥거리던 어린아이, 물속에서 자전거 타는 시늉을 하던 귀여운 개구쟁이, 생명에 취해 손짓발짓하며 기뻐하던 아이였던가? 어찌하여 지금은 한줌 흙이 되었는가? 그렇게 끔찍하게 죽을 몸이라면 무엇 때문에 숨을 쉬고 살았던가? 무엇 때문에 그렇게 기뻐했고, 무엇 때문에 나를 난처하게 할 만큼 신이 나서 콧노래로 옛 오페라 아리아를 불렀고, 무엇 때문에 그토록 기다렸고, 무엇 때문에 그토록 소망을 품었던가? 무엇 때문에, 내가 마르세유에 도착하기도 전에, 무엇 때문에, 그렇게 열심히 쓸데없이 고생해 가면서, 한 달 전부터, 나를 위해 아파트를 꾸미고 난장하고, 나를 위해 페인트칠을 다시 하고 벽지를 새로 바르고, 나를 위해 거실을 조화造花로 가득 채우고, 심지어 내가 도착하기 전날에는 비싼 생화까지 사서 좁은 꽃병에다 가득 꽂아 두었단 말인가? 꽃병조차도 그 이상스러운 잔치에 어리둥절했을 텐데. 그녀는 꽃꽂이엔 또 얼마나 서툴렀던가. 무엇 때문에, 그렇게 고생하고 정성을 들여 아들이 와서 돌아본다는 것을 그렇게나 큰일로 생각하면서 초라한 아파트를 극장 무대처럼 꾸며야 했던가? 아무리 둘러보아도 우아한 구석이라고는 없는 그 아파트, 그래도 여전히 그녀의 성소인 그 집, 나를 환영하기 위해 여기저기 한심할 만큼 많은 꽃줄 장식으로 꾸민 그 집은 그래도 여전히 그녀의 애처로운 조국이었으므로, 그렇게 해야만 내 눈에 멋지고 만족스러우리라 믿었고, 흠 잡을 데 없는 주부라고 확신하는 그녀 자신의 명예라고 생각했던 것일까? 나는 그녀의 취향에 대해 충분히 칭찬을 하지도 않았고 때로는 놀리기까지 했다. 모두 이미 늦은 일. 이제 어쩔 수 없는 일. 그래도 그녀는 나의 모든 것을 사랑했고, 나의 핀잔까지도 사랑했다.

166

지금 꼼짝도 않고 누워 있는 그녀 위로 흙더미만이 무겁게 짓누를 거라면, 무엇 때문에 그 많은 소동이 필요했던가? 무엇 때문에 내가 도착하기 전날 그렇게도 열심히, 아담하고 검소한 화장실에 연극 무대 같은 거추장스러운 커튼을 쳐서, 정성스럽게 '레이스의 궁전'을 만들었던가? 그 모든 것 결국 티끌이 되고 말 터인데, 무엇 때문에 그 많은 정성을 쏟았던가? 무엇 때문에 온갖 것들을 그렇게나 중요하게 생각했던가, 그래서 대체 무슨 소용이 있었던가? 무엇 때문에, 서양 신사가 된 아들이 올 때면, 괴상한 이방인들이나 좋아하는 약초에 불과한 홍차라는 것을 그렇게나 대량으로 열심히 사들였던가? 그녀는 자랑스럽고 용감하게 동네 가게에 들어가서, 나폴레옹 3세 때부터 곰팡내를 풍기며 한구석에 처박혀 있던 홍차를 가리키면서 '아들이 곧 집에 돌아오니까' 그것을 사야겠다고 말했는데, 향내라고는 조금도 남아 있지 않은 그 김빠진 차를 끓이는 그녀의 솜씨는 정말 형편없었지만, 나는 그 열성에 감탄해서 차 맛이 최고라고 칭찬해 주었고, 또 다음 날에는 솜씨가 형편없다고 놀렸다. 이제는 그녀를 놀릴 수도 없다. 무엇 때문에 그녀는 차곡차곡 개켜 놓은 내의들을 그렇게 알뜰하게 아끼고,

살펴보고, 괜히 토닥거리며, 즐거워했으며, 만족한 한숨을 쉬면서 자랑스러워했던가? 무엇 때문에 그토록 나와 함께 극장에 가고 싶어 했으며, "빨리 서둘러야지, 늦을지도 몰라"라고 재촉했으며, 무엇 때문에 모든 일에 그토록 열심이었으며, 결국은 흔적도 없이 사라질 몸이 무엇 때문에 아들을 보고 그렇게 미소 지었던가.

기쁨을 주고 싶어 했던 그녀의 마음, 그녀의 순박한 몸치장, 그녀의 열성, 그녀의 자부심, 그녀의 기쁨, 그녀의 다감함, 그 모든 것이 이제는 영원히 사라지고, 갑자기 존재하지 않게 되고, 아무런 의미도 없어져 버렸다. 내가 지금 글을 쓰고 있는 이 페이지들, 글을 쓰면서 지샌 밤과 마찬가지로, 그 모든 것들은 그다지도 덧없고 의미 없는 것이 되어 버렸다. 나도 죽을 것이다. 나라는 인간도 곧 존재하지 않게 될 것이다. 내가 죽은 다음 아마도 누군가가, 무엇 때문에 나라는 인간이 이 세상에 태어나, 무엇 때문에 한 인생을 살았고, 무엇 때문에 그리도 어처구니없이 글쓰기를 좋아했으며, 글로 쓰인 진실과 멋진 표현과 번개같이 스치는 영감을 만나면 왜 그리 우스꽝스러울 정도로 기뻐했는지, 의아하게 생각할 것이다. 심지어 내 자신의 죽음과 글쓰기의 헛됨에 대해 방금 썼던 나의 글까지도 내게 살아 있음의 기쁨과 유익함이라는 느낌을 준다.

22

지금 나는 내 방에서, 무수한 인간들 중의 하나인 나는, 인간이라면 피할 수 없는 죽음에 분개하면서 헛된 질문을 한다. 지금 나는, 지금 쉴 새 없이 내 어머니를 요구하는 나는, '죽음'에게 그녀를 되돌려 달라고 요구한다. 지금 나는 가진 것 하나 없이 버림받고 소스라쳐 놀란 인간, 지금 나는 창백한 얼굴로 이해하려고 기를 쓰는 인간, 지금 나는 땀 흘리며 숨을 헐떡거리는 인간, 왜냐하면 내가 이해할 수 있는 인간사는 아무것도 없고, 나는 숨 쉬기도 어려운데 호흡은 슬프게 이어지고, 들이쉬는 숨과 내쉬는 숨 사이에 언제나 무거운 발걸음으로 내게 걸어오는 내 어머니. 내 호흡은 그 하나하나가 살려고 발버둥치는 죽음이고 희망을 흉내 내는 절망인데, 지금 나는 거울 앞에서, 불행 속에서 미친 듯 행복을 갈구해도, 차가운 돌처럼 무감각한 내 자신을 슬프게 슬프게 고통으로 찢어 놓아도, 나도 모르게 내 벗은 가슴을 손톱으로 상처 내어도, 내 어린 시절과 내 어머니를 찾아 거울 앞에서 희미하게 웃어 보아도, 거울은 차갑게 거기 있을 뿐, 나는 쓸쓸히 미소 짓는다. 어머니 없는 나는 구원될 수 없는 인간, 끝장난 인간. 나는 거기, 거울 앞에서, 죽음을 향해 열린 창인 그 거울 앞에서, 나를 달래 주는 친구인 굵은 끈을 집어들어 매듭을 만들고, 잡아당겨 매듭을 풀고, 또 나도 몰래 복잡하게 얽히게 했다가는, 더 살고 싶어서, 이마에 땀 흘리며 즐거운 말들을 지껄이면서, 힘껏 당겨 그것을 끊어 버린다. 오, 끊어진 내 운명의 끈이여. 이렇게 묻고 있는 거울 앞에서 어찌하여 내 어머니가 죽었는지 나는 이해하지 못한다. 왜냐하면 그녀는 분명히 살아 있었기 때문에.

그녀는 세상에 왔다가는, 이 세상에 관해 아무것도 이해하지 못하고, 그냥 떠나 버렸다. 그 누구도 대신할 수 없었던 여인의 삶을 살고는 사라져 버렸다. 무엇 때문에, 오, 대체 무엇 때문에? 우리 가련한 인간들, 우리를 요람에 내려놓은 영원한 시간으로부터 죽음 다음에 올 영원한 시간을 향해 우리는 걸어간다. 이 두 영원 사이에 우리가 연기하는 희극, 영영 사라져 버릴 이 야망, 희망, 사랑과 기쁨의 희극은 무엇인가? 오 신이여, 당신이 연출하는 이 짤막한 희극은 무엇인가? 천상의 당신이 쳐놓은 이 올가미는 무엇인가? 요람에서부터 그녀에게 사형선고를 내린 것이라면, 그녀는 어찌하여 웃음 지었으며, 어찌하여 당신은 웃음과 삶의 욕망을 그녀에게 주었던가? 상상력도 없이 항상 한 가지 판결만을, 항상 사형선고만을 내리는 판관이여, 당신은 어찌하여 그런 짓을 저질렀으며, 이 속임수는 대체 무엇인가? 나의 어린 시절, 그녀는 바다 냄새를 좋아했다. 그런데 어찌하여 그녀는 지금 숨막히는 널빤지 밑에, 그 아름다운 얼굴에 거의 닿을 듯 그 밑에 짓눌려 있는가? 그녀는 숨 쉬기를 좋아했고, 그토록 삶을 사랑했다. 나는 이 협잡을, 이 사악한 농담을 규탄한다. 오 신이여, 곧 다가올 내 죽음의 권리로써, 삶에 관한 이 놀랍고도 아름다운 사랑을 우리에게 주었던 당신의 농담이 재미있는 것이 아니었음을 나

는 당신에게 말해야 한다. 그런 다음 당신은 우리를 차
례차례 나란히 한 줄로 땅에 눕혀 부동의 시체로 만들
고, 미래에 시체가 될 자들인, 악취 풍기는 한갓 쓰레기
인 우리를, 보기에도 끔찍한 오물인 우리를, 창백한 납빛
얼굴의 몸뚱이인 우리를, 웃을 때면 귀여운 보조개가 팬
아기들이었던 우리를, 땅속에 매장한다. 어찌하여 이 무
거운 흙더미가 내 어머니를 짓누르고 있으며, 바다 냄새
를 그리도 좋아했던 그녀가 어찌하여 이 작은 나무 상
자 안에 갇혀 있는가.

23

나는 그녀가 죽지 않기를 원한다. 나는 희망을 원하고, 희망을 요구한다. 그 누가 내가 어머니를 다시 만날 수 있는 그 기적 같은 삶에 대한 믿음을 줄 것인가? 그대 형제들이여, 오 인간 형제들이여, 나에게 영원한 생명을 믿게 하고, 그러나 혐오스러운 허튼소리가 아닌 진정한 이유를 말해다오. 그동안 나는 그대들의 눈에 깃들인 확신이 부끄러워서 그저 온순하게, 그렇지요, 그렇고말고요, 라고 말했을 뿐이니까. 내가 내 어머니를 다시 보고 싶은 그 하늘은 내 슬픔이 만들어 낸 환영이 아니라 실재하는 하늘이어야만 한다.

나 당신에게, 내 어머니의 신인 당신에게 절망적인 신성모독에도 불구하고, 사랑하는 나의 신인 당신에게 간구한다. 구원을 달라고 나 당신에게 간구한다. 세상 한 구석에 버려진 이 걸인을 가엾이 여기시라. 나는 어머니를 잃었고, 또 **엄마**도 잃었으니, 나는 홀로 아무 가진 것 없으니, 그녀가 그토록 기도했던 당신에게 간청한다. 당신에 대한 믿음을 주고, 영원한 생명에 대한 믿음을 주시라. 이 믿음만 가질 수 있다면 나는 지옥에서 십억 년이라도 견뎌 내겠다. 당신의 존재를 부인하는 지옥에서 십억 년을 보낸 다음, 나는 내 어머니를 다시 만날 것이니, 그때 그녀는 그 작은 손을 수줍게 입가에 대고 나를 맞이할 것이다.

24

그녀의 생각들, 그녀의 아름다운 소망들, 그녀의 기쁨들, 그 모든 것 사라져 버렸는가? 그것이 가능한가? "죽은 자들도 살아 있다." 한밤중에 문득 깬 나는 그러한 확신으로 온통 땀 흘리면서 소리친다. "내 어머니의 생각들은 시간이 존재하지 않는 곳으로 날아가서 그곳에서 나를 기다리고 있다"라고 나는 중얼거린다. "그렇다, 신은 존재한다. 그리고 신은 내게 그런 짓을 하지는 않을 것이다. 신은 내 어머니를 빼앗아가지 않을 것이다. 시간이 존재하지 않는 나라에서, 그녀가 나를 기다리는 나라에서, 신은 살아 있는 그녀를 내게 되돌려줄 것이다." 어리석은 아이 같은 생각, 낙원은 없다. 네 어머니의 몸짓, 그녀의 웃음, 그녀의 모든 시간과 모든 삶들은 믿음 가득한 너의 눈 안에 있을 뿐이다. 네가 죽고 나면, 그녀의 몸짓과 웃음과 삶의 몇 조각은 이 종이 위에 남겠지만, 이윽고 이 종잇조각들도 무수한 세월의 바람에 흩어져 버리면, 그녀는 영영 존재하지 못하리라.

자기에게 유리한 것만을 믿고, 즐겁지도 아름답지도 않은 가혹한 진실은 외면하는 자들은 얼마나 부러운가. 그 진실의 유일한 미덕은 화려하고 어리석은 무수한 삶의 형태들 가운데 그것이 비통한 사실이라는 점이고, 이 같은 삶의 모습들은 허무의 우울한 눈길 밑에 제멋대로 이유 없이 튀어나온다는 점이다. 내가 **엄마**라고 불렀던 당신은 망각의 골짜기로 들어갔고, 거기에서 당신은 나를 기다리지 않는다. 당신도 혼자이고, 나도 혼자이다. 우리 두 사람 모두 진정 혼자이다. 당신은 영원히 죽었고, 나는 그것을 알고 있다. 신의 호의로 마침내 병과 노쇠의 치욕을 겪어 내 몸이 아프거나, 마음이 고통스러울 때, 그들이 당신의 아들을 괴롭힐 때, 그래서 더 이상 내 몸이 강철로 만들어진 것인 체할 수 없을 때, 내가 부를 수 있는 이름은 오직 당신, **엄마**, 살아 있는 사랑스러운 자들의 이름도 아니고 신의 이름도 아님을 나는 알고 있어요. 내 몸이 삶에 지칠 때, 당신이 그렇게도 지켜 주던 아이에게 그들이 험악하게 굴 때에, 내가 부를 이름은, **엄마**, 신성한 당신의 이름뿐. 어느 이상한 나라에 당신은 살아 있는 건가요?

25

아니다, 그녀는 말없이 흙 밑에서, 빠져나갈 수도 없는 흙더미의 감옥 속에, 흙의 고독 속에 갇혀 있는데, 흙더미는 소리 없이, 숨막히게 그리도 무겁게 그리도 가혹하게 위에서 내리누르고, 버림받아 누워 있는 그녀를 오른쪽과 왼쪽에서 잔인하고 무감각하게 조이면서, 아래로 한없이 뻗어나가는데, 그녀에게 그 아무것도, 칙칙하고 두꺼운 흙더미조차도 관심 없을 때, 살아 있는 인간들은 그녀 위로 걸어다닌다. 그녀는 땅속 깊이 꼼짝도 하지 않고 무기력하게 엎드려 있다. 아, 얼마나 터무니없는 일인가.

온몸을 뻗고 끝없는 고독 속에 잠겨서, 완전히 죽은 그녀, 한때는 기운이 넘쳐 그 많은 시간 동안 남편과 아들을 간호하면서, 지칠 줄 모르고 흡각吸角과 압축기를 사용하고 위안뿐일 쓸데없는 허브티를 먹이던 그녀, 두 환자에게 수없이 음식 쟁반을 날라 오던 그녀, 지금은 마비되어 온몸을 뻗고 누워 있고, 약 광고라면 눈을 빛내면서 믿어 버리곤 하던 순진한 그녀, 지금은 눈이 먼 채 온몸을 뻗고 누워 있고, 지칠 줄 모르고 내게 용기를 주던 그녀, 지금은 아무 할 일 없어 온몸을 뻗고 누워 있다. 어느 날 누군가가 부당하게 나를 괴롭혔을 때 그녀가 했던 말이 문득 생각난다. 지혜로운 듯하지만 애매한 말로, 위로해 주는 대신 그녀는 이렇게 말했을 뿐이다. "얘야, 모자를 삐딱하게 쓰고, 밖에 나가 신나게 뛰어놀아. 어릴 때는 네가 너의 적이니까 말이야." 그렇게 내 현명한 **엄마**는 말했다.

기차에서 좋은 자리에라도 앉게 되면 행운이라고 기뻐하며 넓은 얼굴에 환한 미소가 넘치던 그녀, 지금은 죽은 자들의 커다란 공동 침실에 온몸을 뻗고 아무 표정 없이, 쓸쓸히 홀로 누워 있다. 내가 사준 예쁜 옷을 입어 보고 어린애처럼 좋아하던 그녀, 지금은 온몸을 뻗고 누워 아무 감각도 없다. 어디에 있는가, 그 저주받은 옷, 내 어머니의 냄새를 간직한 채 아직도 어딘가에 살아 있는 그것은? 그토록 꼼꼼하고 순진하게 행복의 계획표를 만드느라 열심이던 그녀, 지금은 온몸을 뻗고 누워 아무것에도 관심이 없다. 꿈같은 계획들을 잔뜩 세워놓고 복권에 일등 당첨되기를 기다리던 그녀, 지금은 땅속에 온몸을 뻗고 누워 있다. 그렇게만 된다면 못된 인간들에게 돈자랑 좀 해서 코를 납작하게 만들 계획이었지만, 곧 마음을 돌려 용서하고, 게다가 근사한 선물까지 나눠 주기로 했다고, 그녀는 설명했다. 저 음침한 흙덩이 속의 잠에 빠져 온몸을 뻗고 누워, 저 광물질의 무관심 속에 빠져, 이제 그녀는 복권 생각도 잊고 기쁨도 잊고 아무 생각도 하지 않는다. 이제는 내 생각도 잊었다. 그토록 나를 사랑하던 그녀.

내리깔린 당신의 눈꺼풀, 아직 그대로인가요? 그리고 당신, 내 어머니, 눈꺼풀 깜박이면 다시 보이는 당신, 이미 썩은 관 속에서 납빛처럼 창백하고 누렇게 변한 당신의 얼굴, 쭈그러들어 거기 버려진 당신의 몸, 살아 있는

다리를 움직여 항상 내게 오던 당신, 지금은 흙빛의 침울함에 잠겨 무뚝뚝하게 말이 없고, 어두운 무덤의 적막함 속에 무겁고 축축한 흙더미의 침묵 속에 누워 있는 당신, 그렇게나 나를 사랑하던 당신, 당신은 그 무덤에서, 온갖 나무뿌리들 우중충하게 얽혀 있고, 음산한 어둠의 벌레들 알 수 없는 걸음걸이로 끔찍이도 바쁘게 조용히 우글거리는 그곳에서, 당신은 가끔 아들을 생각하나요? 항상 나 때문에 악몽을 꾸곤 하던 생시 때처럼, 모든 기운 빠져나가 숨막히는 지금도 그녀는 무덤 속에서 망연히 내 꿈에 잠겨 있다. 그 숨막히는 널빤지 밑에서 그녀는, 내가 아침에 출근하기 전에 뜨거운 차라도 잊지 않고 마셨는지 궁금해한다. "그 애는 옷을 따뜻하게 입지 않아." 죽은 내 어머니는 무덤 속에서 이렇게 말한다. "몸도 약한 데다가 걱정거리가 많기도 한데…… 내가 거기 없으니." 죽은 내 어머니 혼자 어렴풋이 중얼거린다.

아니다, 그녀는 내 꿈을 꾸지 않는다. 아무 생각도 하지 않는다. 그녀는 썩은 흙 속에서 침울하게 누워 있는데, 그 위로는 삶이 있고 아침의 가벼운 취기가 있고 커다란 태양이 떠오른다. 그녀는 마비되고 시들어 바짝 말라붙은 몸으로 비옥한 부식토 속에 누워 양피지처럼 쭈 그러들고 여기저기 녹색 반점이 돋아나, 내 열 살 적 예 쁘던 **엄마**, 이제는 거의 해골로 변한 그 **엄마**, 천천히 흘 러내리는 내 눈물에도 무심하고, 귀먹고 무감각한 내 **엄 마**, 그 위로는 작은 피조물들 아침잠을 깨어 삶의 기쁨 에 취해 바쁘게 움직이며 은혜로운 신의 눈길 밑에서 새 끼들을 낳고 서로 죽이느라 정신이 없다. 아침나절 그녀 의 무덤 위 나무에는 다람쥐 한 마리가 앞발을 비빈다. 올해엔 밤이 많이 열려 신나기 때문이다. 아침나절 그녀 의 무덤 위로 거대한 하늘은 한없이 푸르르고, 작은 새 들은 꽃핀 새벽으로 즐겁고 천진스러운 지저귐을 날려 보내고, 첫잠에서 깨어난 천사들처럼 소곤거리고 찍찍거 리면서 기운차게 날갯짓을 하고 엉터리 시를 읊으면서 아름답고 날카롭고 서늘한 목청을 높여 온갖 노래 지저 귈 때, 숨바꼭질에 정신없는 바보 뻐꾸기 말고는 모든 새 새끼들, 햇님 아빠에게 안녕, 안녕, 이렇게 맑은 공기 속 에서 살다니 얼마나 즐거워요 라고 소리치는 저 자랑스 러운 도가머리의 음유시인들, 밝은 햇빛에 흠뻑 취해 멋 진 폴카를 추면서 그녀의 무덤 위 풀밭에서 먹이 찾아 펄쩍펄쩍 뛰어다닌다.

26

마침내 우리는 불행 속에 자리 잡고 앉아서, 때때로, 그게 그리 나쁘지는 않군, 이라고 중얼거린다. 그러면 담배나 한 대 피우는 게 좋겠군. 라디오에서는 어떤 바보가 중요한 국가원수의 중대 발표에 대해 떠들고 있다. 바보는 이 발표를 맛보고 즐기고 음미한다. 중대 발표가 나와 무슨 상관인가. 요란 떠는 미래의 시체들, 얼마나 우스운가.

내 고양이, 지능이 낮은 이 짐승이 놀란 표정으로 나를 뚫어지게 바라보고 흥미로운 눈으로 뭔가를 이해하려고 할 때, 그렇다, 그것은 나를 바라보던 내 어머니의 눈길이다. 고개를 들어 밤하늘을 보면 창백하고 둥그런 어떤 죽은 것이 **엄마**처럼 다정하게 빛나고 있는데, 쉴 새 없이 이 죽음을 빨아들이는 나는 미쳐 버릴 것인가? 그녀가 죽은 후 나는, 터무니없이 바쁜 인간들을 피해, 여러 날 동안 혼자 있고 싶어서, 마르세유의 아파트에서 혼자 지냈던 그녀처럼 그렇게 혼자, 바깥세계가 그녀의 집에 들어오지 못했던 것처럼 내 집에도 들어오지 못하도록 수화기를 내려놓고, 혼자서, 죽음을 온전히 지키고 있는 이 집에서, 모든 것이 만족스럽다고 스스로에게 믿기게끔 하기 위해 항상 완벽하게 정돈하는 이 집에서, 혼자서, 기분 좋게 열쇠로 문을 잠가 버린, 너무나 단정하고 너무나 깨끗하고 완벽한 균형 잡기를 집착하는 내 방에서, 번쩍이는 작은 묘지인 책상 위에 연필들이 크기 순서대로 놓여 있는 내 방에서, 나는 혼자 지낸다.

책상 앞에 앉아서 나는 그녀와 이야기한다. 나는 외출할 때 외투를 입는 것이 좋을까, 라고 그녀에게 물어본다. "그렇고말고, 애야, 입는 것이 좋을 거야." 그러나 그녀의 억양을 흉내 내며 허튼소리를 하는 것은 나 자신이다. 나는 검은 비단 옷을 입혀 방부 처리한 그녀를 여기, 내 곁에 앉혀 두고 싶다. 내가 그녀를 똑바로 바라보면서 오랫동안 참을성 있게 이야기한다면, 불현듯 그녀의 눈이 조금은 되살아날 것이다. 나에 대한 안쓰러운 마음이, 어머니의 사랑이 그녀를 되살릴 것이다. 그것이 사실이 아님을 나는 알고 있지만, 그래도 이런 생각은 나를 사로잡는다.

27

자, 이제 나는 이 책을 끝냈고, 그래서 아쉽다. 글을 쓰는 동안 나는 그녀와 함께 있었다. 그러나 여왕 폐하, 죽은 내 어머니는 그녀를 위해 아들의 손이 그렇게 고통스럽게 그렇게 느리게 쓴 이 글들을 읽지 않을 것이다. 이제 나는 무엇을 해야 좋을지 모른다. 머리를 쥐어짜면서 알 수 없는 소리를 늘어놓는 현대시를 읽어 볼까? 밖으로 나가 인간의 옷을 입을 원숭이들, 사회생활에 꼼짝도 못하고 붙잡혀 있는 자들, 브리지 게임을 하고, 나 같은 사람을 싫어하고, 십 년 후에는 아무 의미도 없게 될 정치적 음모를 떠들어 대는 인간들이나 구경해 볼까?

때때로 밤이면 나는 문이 잘 잠겼는가 다시 한 번 확인한 다음, 의자에 앉아 두 손을 무릎 위에 펴놓고, 램프의 불을 끄고는, 거울을 들여다본다. 나는 우수의 괴물들에 둘러싸여 거울 앞에서 기다리는데, 그러는 동안 마룻바닥 위에 쥐들이 지나가는 것처럼, 인간들 무리 속 나의 삶에는 사악한 자들의 그림자가 스쳐 지나가고, 그러는 동안 또 다른 연인 이본*의 고결한 눈길 얼핏 스치는데, 나는 그렇게 거울 앞에 앉아서, 이집트 왕처럼 두 손을 펴놓고, 내 어머니가 그녀의 전언傳言인 달빛 아래 나타나기를 기다린다. 그러나 나타나는 것은 기억뿐이다. 삶이 아니면서 고통만을 주는 끔찍한 삶, 그 기억들.

한밤중에 개 한 마리, 내 형제인 가엾은 개 한 마리 울부짖으며 내 슬픔을 말할 때, 나는 끈질기게 과거를 불러낸다. 나는 아기이고, 그녀는 내게 베이비파우더를 발라 주고는, 장난삼아 베개 세 개로 만든 오두막 속으로 나를 밀어넣었고, 젊은 **엄마**와 아기는 재미있어서 웃음을 터뜨린다. 그녀는 죽었다. 이제, 나는 열 살이고 병이

---

* 이본 이메르는 코엔과 결혼할 예정이었으나 1929년에 사망했다.

나서 그녀가 밤새도록 나를 간호할 때 그 곁의 램프 위에는 찻주전자가 식지 않도록 놓여 있는데, 램프의 불빛 그것은 발 보온기에 발을 올려놓고, 졸음에 빠져드는 **엄마**의 불빛이고, 나는 안아 달라고 떼를 쓰며 끙끙거린다. 그리고, 며칠 후 이젠 병이 나아가는 중인데, 그녀는 내가 사달라고 조르던 감초甘草 채찍을 가져다주었다. 그녀는 얼마나 빨리, 얼마나 유순하게, 즉시 달려갔던가. 내 침대 곁에 앉아 바느질을 하는 그녀의 숨결은 고요하고, 규칙적이다. 나는 완벽하게 행복하다. 나는 채찍을 소리나게 휘둘러 보고, 버터 비스킷을, 더 짙은 갈색이고 더 맛좋은 주름 모양의 가장자리부터 조금씩 베어 먹으면서, 그녀에게 반지를 빼달라고 해서 그것을 접시 위에서 팽이처럼 회전시킨다. 나를 안심시키는 **엄마**의 선한 웃음, **엄마**의 다정함. 그녀는 죽었다. 이제, 병이 완전히 나았을 때, 그녀는 남은 과자 반쪽으로 작은 사람 모양을 만들어서 기름에 튀겨 준다. 그녀는 죽었다. 그다음은 축제에 갔을 때의 일. 그녀는 나에게 10상팀을 주고, 내가 그것을 마분지로 만든 곰의 배 속에 넣으면, 와, 곰 배 속에서 슈크림이 튀어나온다! "**엄마**, 내가 먹는 것 좀 봐. **엄마**가 보면 더 맛있다." 그녀는 죽었다. 이제, 나는 스무 살,

대학 구내에서 그녀가 한없이 참을성 있게 나를 기다린다. 마침내 나를 보았을 때 그녀의 얼굴은 수줍은 기쁨으로 환해진다. 그녀는 죽었다. 이제, 안식일 저녁 유대교당에서 돌아오는 우리를 그녀가 맞아 준다. 우리가 현관문을 노크하기도 전에 문은 마술처럼 스르르 열리는데, 그것은 그녀의 사랑의 선물. 그녀는 죽었다. 그다음, 그녀는 내가 잃어버린 만년필을 찾아 주고는 자랑스러워한다. "이것 봐라, **엄마**는 뭐든지 찾을 수 있어." 그녀는 죽었다. 이제, 나는 그녀에게 내 방을 좀 정리해 달라고 말한다. 그녀는 물론 기꺼이 내 말대로 하지만, 나를 약간 놀린다. "얘야, 네 방을 다 정리하려면 군대라도 동원해야겠지만, 그렇게 해도 잘 안 될걸." 그러고는 그 선한 미소. 그녀는 죽었다. 그녀는 무거운 몸을 택시에 실을 때 기뻐한다. 이 병자는 조금만 걸어도 피곤해하기 때문이다. 글을 쓰고 있는 동안 갑자기 떠오른 생각 하나—나 또한 자주 아팠다는 것이 얼마나 자랑스러운 일인가. 나는 얼마나 당신을 닮았는지, 나는 그토록 당신의 아들! 이제, 주네브 역 객차의 문간, 기차는 곧 출발하려 한다. 헝클어진 머리, 우스꽝스럽게 비뚤어진 모자, 비탄으로 벌어진 입, 비탄으로 반짝이는 눈, 기차가 움직이기 전에 조금이라도 더 나를 간직하려고 뚫어지게 바라보는 **엄마**. 그녀는 나를 축복하고, 담배는 하루에 스무 개비 이상 피우지 말라고, 겨울에는 옷을 따뜻하게 입으라고 당부한다. 그녀의 눈에는 미칠 듯한 사랑이, 신성한 사랑이 가득 차 있다. 그것이 모성이다. 그것은 사랑의 장엄함, 신성한 율법, 신의 눈길이다. 갑자기 나는 그녀에게서 신의 존재의 증거를 본다.

희미하고 가슴 산란하게 미소 짓는 괴로움의 음악이 살며시 스며들었다가는, 영원히 사라져 버린 저 지난날 행복의 영상과 더불어 스러져 간다. 그러고는 아무것도 없다. 나는 이제 다시는 아들이 되지 못한다. 우리의 끝없는 이야기도 이제는 끝이다. 그녀에게 들려주려고 런던에서부터 모아 두었던, 그녀만이 재미있어 할 이야기들도 이제는 그녀에게 말할 수 없다. 지금도 나는 가끔 중얼거린다. "잊지 않고 **엄마**에게 이 이야기를 해줘야지." 그녀를 위해 런던에서 사두었던 선물들을, 그 예쁜 레이스 칼라를 그녀는 보지 못할 것이다. 그것들 모두 쓰레기통에 버려야만 한다. 기차에서 내릴 때 수줍은 듯 환한 미소를 띤 그녀의 얼굴도 다시는 볼 수 없다. 가진 돈을 몽땅 털어서 선물로 가득 채웠기 때문에 뚜껑이 제대로 닫히지도 않는 그녀의 여행가방도 다시는 볼 수 없다. 아들을 보기 위한 그 머나먼 여행은 그녀의 커다란 모험이었고, 오래전부터 돈을 절약해서 준비한 대장정이었다. 기차역에서 내릴 때 내게 근사하게 보이려고 얼마나 애를 썼으며, 도착한 첫날 저녁 고상하고 우아하게 행동하려고 얼마나 조심했던가. 이 이야기는 앞에서도 이미 말했다. 그러나 내 초라한 보물인 그녀를 자랑하고 싶은 내 마음은 아무도 막지 못한다. 다시 한 번, 나는 방문께로 가서 문을 열어 본다. 그 문 뒤에 결코 그녀가 서 있지 않음을 뻔히 알면서도.

시간이 흐르고, 이제 아침, 그녀가 없는 어느 아침. 현관의 벨소리가 났다. 나는 곧 일어나서, 내다보는 구멍으로 밖을 보았다. 자선단체에서 나온 어떤 늙은 여자가 끔찍한 얼굴로, 손에 수첩을 들고 서 있을 뿐이었다. 나는 그 여자가 미워서 문을 열어 주지 않았다. 그러고는 책상으로 되돌아와서 만년필을 집어들었다. 만년필에서 잉크가 샜기 때문에 내 손에 파란 얼룩이 묻었다. 그러자 울고 있는 내 어머니, 내게 용서해 달라고 말하는 그녀가 나타났다. "다시는 안 그러마." 그녀는 울고 있었다. 푸른 반점이 돋아난 그녀의 작은 손. 선하기만 한 늙은 여인이 어린 소녀처럼 어깨를 들먹이며 흐느끼는 모습은 끔찍하다. 나는 잠깐 동안, 내가 이런 소동을 벌인 적이 없다고, 그녀에게 야단치기 전에 그 놀란 눈을 측은히 여겼다고, 그 손에 푸른 반점 따위는 없었다고, 상상해 본다. 아, 그래도 나는 그녀를 사랑했다. 그렇지만 어쩔 수 없이 나는 아들이었다. 아들들이란, 그들의 어머니가 죽는다는 사실을 미처 깨닫지 못한다.

28

아직 어머니가 살아 있는 아들들이여, 당신들의 어머
니도 어느 날 죽으리라는 사실을 잊지 말라. 당신 중의
한 사람이라도 내 죽음의 노래를 읽고 나서, 나와 내 어
머니로 인하여, 어느 날 저녁 자신의 어머니에게 좀 더
다정하게 대한다면 이 글은 헛되지 않을 것이다. 매일매
일 당신의 어머니를 다정하게 대하라. 내가 내 어머니를
사랑한 것보다 더 당신의 어머니를 사랑하라. 매일 당신
의 어머니에게 한 가지 기쁨을 드려라. 나의 회한이 나
에게 준 권리로써 내가 당신에게 전하는 이 말은 슬픔에
잠긴 자의 엄숙한 전언이다. 아직 어머니가 살아 있는 아

들들이여, 당신들에게 하는 이 말은 나 스스로에게 주는 유일한 애도이다. 아들들이여, 아직 시간이 있을 때 아직 당신의 어머니가 살아 있을 때, 서둘러야 하느니, 정결한 미소 잔잔히 퍼지던 그 얼굴 위에 곧 뻣뻣한 죽음의 그림자 내려앉을 것이기 때문이다. 그러나 나는 당신들이 어떤 인간인지 잘 알고 있다. 어머니가 살아 있는 동안 당신은 결코 그 어리석은 무심함에서 벗어나지 못할 것이다. 그 어떤 아들도 자신의 어머니가 죽으리라는 것을 진정으로 알지 못하고, 모든 아들은 어머니에게 화를 터뜨리고 참지 못한다. 미친 인간들이여, 당신들은 곧 대가를 치를 것이다.

29

당신들, 모든 나라의 어머니들, 내 어머니의 자매인 당신들, 죽은 내 어머니의 빛으로 둘러싸인 당신들 모두를 찬양하나이다. 온 세상의 어머니들, 우리의 성모인 어머니들, 사랑하는 우리의 여인들, 당신들에게 경배하나이다. 우리에게 구두끈 매는 방법을 가르쳐 준 당신들, 우리에게 코를 푸는 방법을 가르쳐 주고, 손수건에 이렇게 쿵쿵 해보라고 가르쳐 준 당신들, 모든 나라의 어머니들, 아기들이었던 우리가 먹지 않으려고 법석을 떨던 감자 죽을 한 숟갈 한 숟갈씩 참을성 있게 떠먹이던 당신들, 자두 스튜를 먹이느라고 살살 달래면서 자두가 집에 가고 싶어 하는 꼬마 검둥이라고 말하던 ―그러면 우리 멍 청이들은 좋아했고, 갑자기 시인이 되어서, 문을 열어 주 었는데― 당신들, 양치질한 다음 목을 헹구는 방법을 가 르치느라고 가글가글 시범을 보여 주던 당신들, 집에 손 님이 오기 전에 학교에 가기 전에 항상 우리의 곱슬머 리를 매만져 주고 넥타이를 바로 해주던 당신들, 끔찍한 보물인 조랑말 같은 개구쟁이 아들에게 끊임없이 이 옷 저 옷 입혀 보고 맵시를 내게 하던 당신들, 우리의 온몸 을 씻겨 주고 상처 나고 흙 묻은 우리의 더러운 무릎을 씻겨 주고 코 흘리는 우리의 얼굴을 닦아 주던 당신들, 단 한 번도 우리를 미워하는 마음이 없었던 당신들, 우 리에게 항상 그렇게 마음이 약해서 자기 것은 뭐든지 다 내주고, 머리가 좀 굵어진 아들에게 그렇게 잘도 넘어가 모아 두었던 돈을 모조리 털리고 말았던 당신들, 거룩한 당신들에게 경배하나이다. 당신들, 은총이 충만한 어머 니들, 신성한 파수꾼들, 용기이며 선함이며 따뜻함이며 사랑의 눈길인 당신들, 모든 것을 보는 눈을 가진 당신 들, 사악한 자들이 우리를 해치기라도 하면 곧 알아차리 는 당신들, 우리가 믿을 수 있는 유일한 사람이며 단 한 번도 우리에게 등을 돌리지 않을 유일한 인간인 당신들,

내가 경배하는 당신들, 한시도 우리 생각을 잊은 적 없고 꿈에서도 우리를 생각하는 어머니들, 항상 우리를 용서하고 그 수척한 손으로 항상 우리의 이마를 만져 주는 어머니들, 우리를 기다리는 어머니들, 우리가 외출할 때 항상 창가에서 지켜보는 어머니들, 우리를 그 누구와도 비교할 수 없는 유일한 사람으로 생각하는 어머니들, 싫증 내는 일 없이 우리를 시중들어 주고 우리가 마흔 살이 되어서도 침대 곁에 서서 이불을 덮어 주는 어머니들, 우리가 못난 얼굴이든 실패자이든 타락한 자이든 약한 자이든 비열한 자이든 변함없이 우리를 사랑하는 어머니들, 때때로 신의 존재 증거인 어머니들, 당신들에게 경배하나이다.

30

　이 세상 그 무엇도 내 어머니를, **엄마**라고 부르면 대답하던 그녀를, **엄마**라고 사랑스럽게 부르면 그렇게나 빨리 달려오던 그녀를 되돌려주지 못하리라. 내 어머니는 죽었다. 죽었다. 죽었다. 죽은 내 어머니는 죽었다. 죽었다. 내 슬픔의 박자는 이렇게 울리고, 내 슬픔의 기차는 이렇게 변함없이 헐떡거리고, 내 슬픔의 기차의 굴대는 이렇게 박자 맞추어 덜컹거리고, 끝없는 내 슬픔의 기차는 이렇게 밤이고 낮이고 달리는데, 나는 저 바깥세상의 인간들에게 미소 짓지만, 내 머릿속에는 오직 하나의 생각이 있을 뿐, 내 마음속에는 하나의 죽음이 있을 뿐. 길고 긴 기차의 차축은 이렇게 박자 맞추어 슬픈 노래를 하는데, 이 기차, 내 슬픔, 이 장례의 기차는 죽은 내 어머니를 싣고 멀리멀리 가는데, 헝클어진 머리칼 날리면서 객차 문간에 서 있는 내 어머니를 싣고 가는데, 뒤따라가는 나는, 헐떡거리며 창백한 얼굴에 땀 흘리고, 비굴하게, 죽은 내 어머니와 그녀의 축복을 싣고 가는 기차를 뒤따라간다.

31

    이 죽음의 노래를 쓰고 나서 몇 년이 흘렀다. 나는 계속해서 살았고 계속해서 사랑을 했다. 그녀가 끔찍한 땅속에 버려져 누워 있는 동안, 나는 살았고, 사랑했고, 행복의 시간들을 맛보았다. 나 역시 다른 사람들처럼 살아 있다는 죄를 저질렀다. 나는 웃어 왔고, 그리고 또 웃을 것이다. 살아 있어 죄인인 자들 곧 시체가 되리니, 이 얼마나 다행인가.

| 작가에 대하여

아브라함 알베르 코엔(Abraham Albert Cohen, 1895~1981)은 그리스의 코르푸 섬에서 태어났다. 원래 Coen으로 표기했던 이름을 1919년부터 작가 자신이 자신의 유대적 기원을 드러내기 위해서 고친 것이다. 비잔틴 제국의 일부였던 코르푸는 19세기 중엽 그리스 영토로 편입되었지만, 오래전부터 스페인, 포르투갈, 이탈리아 등지에서 박해를 피해 이주해 온 세파르디아 유대인들에게 피난처를 제공해 왔다. 19세기 말 유대인 박해가 전 유럽으로 확산되자 한때 5천 명에 달했던 이곳의 유대인 거주자들은 또다시 각지로 흩어지기 시작했다.

1940년에는 그 수가 2천 명으로 줄었고, 2차대전이 끝났을 때 나치에 의해 강제수용소로 끌려가고 남은 사람은 3백 명뿐이었다고 한다.

비누 제조 공장을 경영했던 그의 아버지 마르크 코엔은 1894년 공증인의 딸 루이즈 주디스 페로와 결혼했고 이듬해에 외아들 알베르가 태어난다. 1900년 코엔 일가는 「출애굽기」에서처럼 코르푸 섬을 떠나 세계 각지로 탈출하는 유대인들의 물결에 끼어 아무 연고도 없는 프랑스 항구도시 마르세유에 도착한다. 말조차 통하지 않는 프랑스는 그들에게 완전히 이질적인 세계였다. 그들은 달걀 장사로 생활을 꾸려 가면서 알베르를 수녀원 부속학교에 입학시킨다.

당시는 드레퓌스 사건의 후유증, 경제 위기, 밀어닥치는 이민 문제에서 비롯된 인종차별 분위기 등으로 프랑스가 양분되어 있는 시기였다. 코엔은 열 살이 되던 생일날 길거리의 장사꾼에게서 '더러운 유대인 새끼'란 욕설을 들음으로써 자신이 유대인이라는 사실을 처음으로 알게 되었다고 술회한다. 1972년에 간행된 『오, 그대 인간 형제들이여』는 60년이 지나도록 잊지 못했던 이 외 상外傷에 대한 기록이다.

그로부터 40년 후 그의 어머니, 유대인 여인 루이즈 코엔은 2차대전이 한창이던 1943년 1월 10일 77세로 마르세유에서 세상을 떠난다. 나치가 마르세유에서만 2천 명의 유대인을 체포하여 강제수용소 독가스실에서 한꺼번에 처형하기 2주 전의 일이었다.

거의 60년에 가까운 창작 활동을 통해 코엔은 금세기의 어떤 문예운동에도 관여하지 않았으며 어떤 문학사조로부터도 영향을 받지 않았다. 그는 파리 중심의 문단에서도 비켜서서 독자적으로 글을 썼다. 그러나 귀에 못이 박이도록 들었던, 유대인을 저주하는 언어인 바로 그 프랑스어로 떠도는 유대인들의 거대한 이야기를 씀으로써 현대 프랑스 문학에서 하나의 금자탑을 세운 것은 그의 운명의 아이러니가 아닐 수 없다. 스물네 살 때까지 오스만 제국의 여권을 소지한 채 마르세유, 주네브, 런던, 파리, 다시 주네브……를 떠돌던 그가 찾아낸 조국은 지도상의 어떤 땅이 아닌 프랑스어라는 언어였다.

그의 문체는 어렸을 때부터의 친구였던 마르셀 파뇰의 부드러움으로부터 조이스의 복잡한 의식의 흐름에 이르기까지 다양한 음계를 밟는다. 사랑과 증오, 삶의 환희와 죽음의 충동, 다감함과 폭력적인 것, 희극성과 비극성, 거침과 섬세함…… 모든 양가적인 것들이 한데 교직되어 펼쳐지고 흔들린다. 흔히 프루스트와 찰리 채플린에 비교되는 코엔의 감각과 언어가 사실은 셀린에 가깝다는 것 또한 아이러니이다. 가장 극렬한 반유대주의자인 셀린과 가장 열렬한 유대주의자이며 그 이방인들의 박해에 상처받고 피흘리면서 복수의 칼을 갈았고 또 울면서 그들에게 손을 내밀었던 코엔, 이 불구대천의 두 사람이 프랑스어라는 언어 속에서는 가장 가까운 형제인 것이다. 연구자들은 이 두 작가가 특히 구어체의 구사에서 공통점을 보인다고 지적하는데, 그것은 코엔이 소설을 집필할 때 펜으로 쓰지 않고 언제나 '내 인생의 여자'—물론 한 사람이 아니었지만—에게 구술시켰다는 점과도 관계가 있는 것으로 보인다. 그가 유대인으로서 이방인들에게 건네는 우정과 분노의 말은 상실된 인간들 사이의 사랑을 회복하려는 몸부림이고, 그것을 그는 유대인 공동체 의식과 죽음이라는 인간의 보편적인 운명으로 추출해 냈다.

| 작품에 대하여

아들을 애타게 기다리던 어머니가 전쟁 중 마르세유에서 세상을 떠나고, 멀리 런던에서 이 소식을 듣게 된 아들은 가누지 못하는 상실의 슬픔, 임종을 지켜보지 못한 회한을 「죽음의 노래」라는 글로 쓴다. 그 첫 부분이 《자유 프랑스》 1943년 6월호와 7월호에 실리고, 나머지 부분은 1944년 5월호에 실렸으며, 그로부터 십 년 후 갈리마르 사에서 『내 어머니의 책』이라는 제목으로 간행된다. 당시 코엔은 곧 결혼하게 될 벨라와 자신의 어머니에 관한 추억을 공유하기 위해 십 년 전의 글을 책으로 출판하게 되었다고 인터뷰에서 밝힌 바 있다(《마가진 리테레르》 1979년 4월호 : 알베르 코엔 특집). 이 책을 읽는 우리는 작가가 약혼자에게 들려주는 죽은 어머니의 이야기를 엿듣고 있는 셈이다.

어머니가 죽던 1943년에 만나 국제노동사무국에서 함께 근무했고 1955년 결혼한 세 번째 부인 벨라 베르코

비치는, 작가가 세상을 떠날 때까지 30년 이상을 충실한 아내로서 비서로서 인생을 함께한다. 그녀는 후일 갈리마르 사에서 두 권으로 펴낸 플레이야드 판 코엔 전집을 편집하고 서문을 쓴다. 그녀의 저서 『알베르 코엔 주변』(갈리마르, 1990)은 코엔 연구의 표준이 되는 자료이며, 1999년에는 자신에게 헌정되었던 『내 어머니의 책』을 직접 영어로 번역하여 출간한다. 아직 읽어 보지는 못했지만, 코엔의 딸 미리암이 몇 년 전에 『내 아버지의 책』을 출간했다고 한다. 작가가 자신의 어머니를 부활시킨 것처럼, '내 인생의 여자'가 되어 그를 부활시킨 아내와 딸을 보면서 우리는 괴테의 '영원히 여성적인 것이 우리를 구원한다'는 말을 떠올린다. 그 가문에 흐르는 피가 사랑의 피인 것만은 분명한 것 같다. 그렇지만 그 사랑의 피는 단 한 번뿐인 이 지상에서의 우리의 실존적인 삶을 통해서, 구체적인 삶의 디테일을 통해서만 만들어지고 짙어진다는 것을 우리는 이 책을 읽는 동안에 알게 된다.

이 책은 굳이 분류하자면 자서전이나 회고록에 속하고, 그래서 일인칭 화자가 진술하는 형식으로 되어 있다.

전통적 소설에서처럼 전지적인 관점을 차용하고 있으므로 혹시 픽션이 아닌가 생각할 수도 있을 것이다. 그러나 조금이라도 눈치 있는 사람이라면 "너는 코엔 가문의 아들이야"라는 말에서 금방 화자가 작가 자신임을 알 수 있다. 주네브 대학에 다녔던 언급도 마찬가지이다. 진술은 연대기적인 순서를 따르지 않고, 소위 '마음의 논리'를 따라 현재와 과거를 자유롭게 오가고, 감정의 물결에 의해 서로 침투한다. 연대기적인 기술은 무자비한 시간의 흐름이 계속되는 가운데 모자간의 사랑의 생애가 요약되는 27장에 와서야 파악될 뿐이다. 대화는 거의 간접화법인데, 어머니의 말만은 때때로 직접화법으로 기술된다. 특히 아들에게 충고하고 지혜를 전수하고 가치 판단을 내리는 3장은 거의 전체가 그런 형식으로 되어 있다. 이것은 어머니의 육성을 직접적으로 들려주기 위한 것으로 생각된다.

문맥에 따라 '어머니'라는 어휘와 '엄마'라는 어휘가 구분되어 쓰이는 것은 전자는 주로 시간의 간격을 두고 서술하는 데에 사용되고, 후자는 과거의 어린 아들로 돌아가서 어머니의 체취를 직접적으로 느끼는 듯한 부분에서 사용된다. 서술 도중에 갑자기 어머니에게 직접 말하는 방식―자유간접 화법을 사용해서―도, 얼핏 보기에는 좀 이상스레 보이지만, 작가의 복받치는 내면의 감정을 반영한다.

인간은 모두가 하나의 '섬'이고 그 기슭은 각자가 처한 상황과 타인의 적의에 의해 그리고 우리 자신의 이기심에 의해 나날이 마멸되어 간다. 우리는 사랑을 거부하고 부지런히 우리 자신의 고립을 설계한다. 우리는 매일 그렇게 살아가며, 깊은 상실감은 삶과 죽음의 척도를 이루는 날 문득 우리에게 찾아온다. 삶의 노래가 바로 죽음의 노래임을 알게 되는 날이 온다. 그러나 죽음의 노래가 아무리 가슴 에이는 것이라고 하더라도 그것이 살아 있는 자들에게서 삶의 맛과 기쁨을 빼앗지는 못한다. 물론 불가피한 죽음의 위협 앞에 삶은 상대화된다. 삶의 코미디가 아무리 무의미한 것이라고 하더라도, 이 모든 기쁨이 재와 먼지로 이루어진 것이라고 하더라도, 그래서 삶과 죽음의 연출자인 신에게 이 어처구니없음을 항변한다 하더라도, 어쩔 수 없는 생명체의 기쁨은 기쁨 그대로이다. 삶이 논리적이지 못한 것은 그것 때문이 아닌가.

'속이고 속고 그리고 죽는다. 누가 알겠는가, 우리는 재이고 먼지인 것을.' 영국 시인 테니슨은 이렇게 노래했다. 이 부조리하고 수치스러운 기쁨에의 욕구를 코엔은 '삶의 죄악'이라고 말한다. 삶의 죄악과 죽음의 부조리, 그것은 동전의 앞면과 뒷면이다.

이 책을 읽고 번역하면서 내가 발견한 것은 작가는 슬픔과 절망이 증오로 변질되는 것을 막을 수 있는 힘을 갖고 있었다는 사실이다. 나는 그것이 그의 미덕이라고 생각한다. 공자는 애이불상哀而不傷이라고 말함으로 우리가 흔히 애상哀傷이라고 뭉뚱그려서 하는 말을 엄격하게 구분했다. 슬픔과 상처에서 비롯한 광기는 다르다는 것…… 내가 공자와 알베르 코엔에게서 동시에 발견한 것은 이런 생각이다. 유대인 박해의 지옥 속에서 일생을 떠돌았던 그가 저 가증스러운 이방인들에게 내민 인간애의 손길을 생각하면 더욱 그렇다.

작가연보

1895년 : 그리스 코르푸 섬에서 출생.

1919년 : 스위스 국적 취득.

1920년 : 프루스트를 발견하고 문학의 세계에 깊이 빠짐.

1921년 : 첫 작품인 시집 『유대인의 말』을 간행했고, 딸 미리암 이 태어남. 후일 이스라엘 초대 대통령을 지낸 시오니 즘의 지도자 바이즈만을 알게 되고, 함께 유대주의를 지키기 위한 기나긴 활동을 시작.

1924년 : 아내 엘리사베트 사망. 1925년 《유대인 잡지》의 편집 을 맡기 시작, 그 이듬해부터 주네브의 국제연맹 산하 국제노동사무국에 근무.

1930년 : 유대인 4부작의 제1권인 『솔랄』 발표.

1931년 : 마리안 고스와 결혼, 창작에 전념하기 위해 국제노동 사무국을 퇴임.

1938년 : 제2권 『망즈클루』를 간행하고 아버지에 헌정.

1939~1940년 : 프랑스 함락 이후 부모를 마르세유에 남겨두고 영국으로 가서 런던의 국제난민기구에서 근무.

1943년 1월 : 어머니 루이즈 코엔 사망, 후에 결혼하게 될 벨 라 베르코비치와 알게 됨.

1946년 : 난민 지위에 관한 국제협약을 작성. 이 활동은 코엔의 업적으로 남아 있음.

1947년 : 스위스로 돌이와서 국제난민기구의 사무총장으로, 이어서 벨라와 함께 국제노동사무국에서 근무. 마리안 고스와 이혼.

1951년 : 공직을 완전히 떠나 문학에만 전념.

1954년 :『내 어머니의 책』간행.

1955년 : 벨라와 결혼.

1968년 : 제3권『영주의 연인』간행. 이 작품은 그해 아카데미 프랑세즈 소설 대상을 수상.

1969년 : 제4권『용감한 형제들』을 간행함으로써 유대인 4부작이 완간됨.

1972년 :『오, 그대 인간 형제들이여』간행.

1979년 :『노트 1978』간행.

1981년 : 10월 17일, 86세로 사망.

내 어머니의 책

지은이 ᅵ 알베르 코엔
옮긴이 ᅵ 조광희
펴낸이 ᅵ 양숙진

초판 1쇄 펴낸날 ᅵ 2002년 5월 25일
개정판 1쇄 펴낸날 ᅵ 2014년 4월 30일

펴낸곳 ᅵ ㈜현대문학
등록번호 ᅵ 제1-452호
주소 ᅵ 137-905 서울시 서초구 신반포로 321(잠원동)
전화 ᅵ 02-2017-0280
팩스 ᅵ 02-516-5433
홈페이지 www.hdmh.co.kr

ISBN 978-89-7275-695-8 04860

* 책값은 뒤표지에 있습니다.